전지적 독자 시점

전지적 독자 시점

Omniscient Reader's Viewpoint

싱숑 장편소설

PART 1　06

비채

차례

23
Episode

버려진 세계

(2)

Omniscient Reader's Viewpoint

5

수정에는 정확히 다섯 개의 홈이 있었다. 그곳에 무엇을 꽂아야 할지는 나도 유중혁도 잘 알고 있었다. 곁에 선 나를 보며 유중혁이 말했다.

"왔군."

"그래. 아쉽게도 말이야."

"이번엔 빠져도 상관없다."

뜻밖의 말에 나는 유중혁을 돌아보았다. 녀석은 여전히 나를 보지 않은 채 말을 이었다.

"사랑하는 여자가 있는 것 같던데."

"뭐?"

"힘들어질 거다."

순간 풀리지 않던 뭔가가 이해되는 기분이었다. 설마 나를 일부러 뺀 게 따돌림이 아니라 배려였나? 말도 안 된다. 유중혁이?

"마지막이 될 수도 있다."

문득 깨달았다. 지금 유중혁은 지난 회차에서 이설화를 잃은 그 유중혁이었다. 회귀자 유중혁. 아마 사랑하는 사람을 잃는 일에 관한 한 세계 최고의 권위자라 해도 과언이 아닐 것이다.

"그런 사이 아냐. 이 상황에 사랑이 가당키나 하겠나?"

유중혁이 가만히 내 얼굴을 노려보다가 말했다.

"그럼 죽어도 상관없겠군."

"말 좀 곱게 해 인마. 상처받으니까."

"잊지 마라. 아직 내가 맞은 걸 되돌려주지 않았다."

"……아, 그래. 거의 잊고 있었는데 상기시켜줘서 더럽게 고맙다."

가만 보면 이 자식은 내가 살기를 바라는 건지 죽기를 바라는 건지 모르겠다. 나는 그룹 채팅을 통해 일행에게 곧바로 할 말을 전했다.

─지금부터 주의사항을 알려드리겠습니다.

그룹 채팅을 사용한다는 것은 비밀을 유지해야 한다는 뜻. 일행들은 적당히 딴청을 피우는 척하면서 내 이야기에 집중했다.

─워프 크리스털은 두 명씩 입장하게 되어 있습니다. 그래서 미리 말씀드린 것처럼 두 사람이 한 조로 움직일 겁니다.

―저랑 유승이가 1조, 희원 씨와 현성 씨가 2조, 유상아 씨와 406번 할머니가 3조입니다. 길영이는 짝이 없어서 유중혁 그룹의 지혜가 같이 다녀주기로 했습니다. 그리고 유중혁 저 놈은…… 뭐 자기가 알아서 하겠죠.

―크리스털을 통해 움직이면 잠깐 현기증이 날 수도 있는데 너무 당황하지 마시기 바랍니다. 아마 도착하자마자 곧바로 시나리오가 뜰 겁니다. 명심하실 것은, 시나리오 내용이 떴을 때…….

그렇게 속사포처럼 말을 쏟아내는데 워프 크리스털 위로 갑자기 도깨비가 나타나 훼방을 놓았다.

[잠깐만요. 정말 죄송하지만, 긴급 공지가 있겠습니다.]

긴급 공지?

[깜빡 잊었는데, 서울 돔에서 참가 가능한 초기 할당 인원은 열 명이 아니라 여덟 명입니다.]

"갑자기 그게 무슨 소리야?"

참가자가 모두 정해진 마당에 그런 얘기가 나오다니…… 자세히 보니 이 녀석, 얼마 전 명계에서 나한테 시나리오 갱신에 관해 묻던 그놈이다.

도깨비 영기라고 했던가?

[그게…… 다섯 번째 시나리오가 진행되던 중에 차원이 일부 뒤틀리면서 여섯 번째 시나리오로 넘어가버린 분이 계십니다.]

"이미 들어간 사람이 있다고?"

[예, 서울 돔에서는 현재 두 분이 이미 시나리오에 돌입한 상태입니다.]

그러고 보니 공필두와 한수영이 이미 시나리오에 들어가 있었지. 명계에서 그 화면을 봤는데 나도 잊고 있었다.

그나저나 차원 일부가 뒤틀릴 정도였다니. 중급 도깨비가 날 죽이려고 어지간히 시나리오에 간섭했던 모양이다.

[시나리오 오류로 돌입한 인원이긴 하지만, 공정성을 위해 기존 할당 인원 중 두 명을 제하겠습니다.]

"뭐야! 그런 게 어딨어?"

정작 가지도 않는 사람들이 더 난리를 쳤다. 일행들이 곤란하다는 얼굴로 나를 보았다. 심지어는 유중혁도 나를 보고 있었다. 네가 알아서 결정하라는 표정이었다. 젠장…….

뜻밖에도 먼저 손을 든 것은 유상아였다.

"제가 빠질게요."

내 곤란함을 눈치채고 먼저 배려해준 마음이 기꺼웠다. 하지만 유상아가 빠지더라도 저 할머니는 데려가야 하는데.

뒤이어 정희원이 손을 들었다.

"저도 빠질게요. 어차피 2차 할당도 있다면서요?"

"괜찮으시겠습니까?"

"오늘 독자 씨가 좀 맹해 보여서 걱정되긴 하는데…… 알아서 잘 하겠죠, 뭐. 이번엔 저 무서운 남자도 같은 편인 거 같고."

정희원과 유상아라면 두고 가도 안심이었다.

설령 2차 할당에서 재경합이 벌어지더라도 저 둘은 충분히 경쟁을 뚫고 올라갈 것이다. 결국 두 사람이 빠지고, 할머니는 이현성이 데리고 가기로 했다. 할머니는 어쩐지 기분이 좋아 보였다.

떠나기 직전, 나는 유상아에게 귓속말을 했다.

"아까 말하는 걸 잊었는데, 방랑자들의 왕한테 전일도를 조심하라고 전해주세요. 이미 알고 있을 것 같긴 하지만."

고개를 끄덕인 유상아가 머뭇거리더니 내게 속삭였다.

"죽지 말아요."

나는 고개를 끄덕였다. 정희원이 또 태클을 걸었다.

"이제 출발 좀 하지 그래요? 성좌들이 아니라 내가 복장 터져 죽겠네."

유상아가 곤란한 듯이 미소를 지으며 물러섰고, 참가자들은 워프 크리스털을 향해 다가갔다. 나는 재앙을 잡고 획득한 호부를 품속에서 꺼냈다.

[이뮤타르 종족의 호부].

[패러사이트 종족의 호부].

[인바고 종족의 호부].

뒤이어 유중혁과 406번 할머니도 호부를 한 개씩 꺼냈다. 각각 '얼음의 재앙'과 '물의 재앙'을 처치하고 얻은 호부였다.

[다섯 개의 호부를 꽂으십시오.]

워프 크리스털에서 흘러나오는 메시지에 따라 우리는 홈에 호부를 맞춰 끼웠다.

다섯 개의 호부.

이 세계가 '재앙'에게서 지켜졌다는 증명이었다. 오직 재앙을 이겨낸 자만이 '다른 세계'로 가는 자격을 얻을 수 있다.

[자격 증명이 완료됐습니다.]
[워프 크리스털이 발동합니다.]

워프 크리스털에서 빛이 산란하며 이내 화려한 쥐불놀이를 연상시키는 푸른빛 차원문이 만들어졌다. 우리는 두 명씩 차례로 입장했다. 나와 신유승도 서로 손을 꼭 잡은 채 문으로 뛰어들었다.

[메인 시나리오가 갱신됐습니다.]

☼ ☼ ☼

다시 눈을 떴을 때, 나와 신유승은 녹빛이 감도는 숲속에 너부러져 있었다. 휘청거리며 바닥을 짚자 까슬한 흙의 감촉이 그대로 전해졌다. 토할 것처럼 어지러웠다. 현기증이 나도 당황하지 말라고 알려놓고 정작 내가 정신을 못 차리다니 우스운 일이었다.

곁을 보니 신유승은 이미 헛구역질을 반복하고 있었다.

"괜찮니?"

"우우욱……."

나는 등을 두드려주며 주변을 살폈다. 머릿속은 혼란했지만 계속 이런 상태로 있을 수는 없었다. 앞을 봐도, 옆을 봐도, 뒤를 봐도 보이는 것은 오직 숲뿐. 아무래도 숲 지대 한복판에 떨어진 모양이었다. 이계의 정경이라고 하기에는 지나치게 지구와 흡사했다.

[메인 시나리오 #6 - '버려진 세계'가 시작됩니다!]

시나리오 메시지와 동시에 인근 수풀에서 기척이 느껴졌다.

"유승아."

정신을 차린 신유승이 고개를 들고 숨을 골랐다. 바스락거리는 소리가 수풀 곳곳에서 들려왔다. 이곳은 신규 시나리오 진입자가 워프되는 장소 중 하나. 최악의 상황을 가정하자면, 저 수풀 속에는 먼저 도착한 타국 화신들이 숨어 있을지 모른다.

나는 긴장하며 [책갈피]를 발동할 준비를 마쳤다. 이 세계로 워프한 녀석들은 정예 중에서도 정예. 처음부터 최선을 다하지 않으면 눈 깜빡할 사이에 목이 날아갈 수도 있다.

그런데 수풀 속에서 나타난 것은 예상과 달랐다.

[7급 괴수종, '스틸울프'가 나타났습니다!]

7급 괴수종이라는 말에 나와 신유승의 얼굴에 똑같은 표정이 스쳤다. 우스운 노릇이다. 저 메시지에 안도하는 것은 아마 우리뿐이겠지.

"얘들 몸집이 좀 작은 것 같아요, 아저씨."

보통 위 등급 괴수종은 집채만 한데, 지금 나타난 스틸울프는 평범한 늑대 크기 정도였다.

숫자는 대충 열댓 마리. 상대하기 어려운 규모도 아니었다.

[등장인물 '신유승'이 '상급 다종 교감 Lv.3'을 발동합니다!]

신유승은 [상급 다종 교감]을 이용해 괴수를 하나하나 상잔시켜나갔다. 신유승이 길들이지 못한 녀석은 내가 손수 '신념의 칼날'을 발동해서 해치웠다.

7급 괴수종이라기에는 믿을 수 없을 정도로 허약한 녀석들이었다.

덩치가 작아진 만큼 힘도 줄어든 것 같았다.

"……어? 코인을 안 주는데요?"

"그 이벤트 끝났으니까."

"아이템도 안 줘요. 핵도 없고."

"능력치 차이가 많이 나서 그래."

"얘들 정말 7급 맞아요? 아무리 봐도 9급 정도인 것 같은데……."

잔뜩 긴장하고 있다가 처음으로 만난 괴수들이 약해서인지,

신유승은 살짝 김이 빠진 듯했다.

그러고 보니 숲 상태도 조금 이상했다. 큰 숲을 이룰 정도 나무라면 머리 위로 한참은 솟아 있어야 할 텐데, 이곳 나무는 대부분 내 키보다 조금 더 큰 정도였다.

시나리오 내용도 아직 그대로였다. '버려진 세계'라는 시나리오 타이틀만 생겼을 뿐, 여전히 항목은 거의 물음표로 채워져 있었다.

[시나리오 활성화 조건을 충족하지 못했습니다.]

나는 살짝 점프해서 주변 풍광을 살폈다. 나무가 높지 않아서 가볍게 뛰기만 해도 모두 확인할 수 있었다.

"전부 숲은 아니네. 저쪽으로 나가보자."

사실 이 지대를 나가면 뭐가 기다리는지 알고 있었다. 우리는 숲 샛길을 따라 달렸다. 얼마 지나지 않아 숲이 끝나고 탁 트인 평원이 나타났다. 그리고 그 평원 지대에서.

"……아저씨?"

우리는 한 무리의 병력과 마주했다.

"나타났다! 역시 시나리오대로야!"

누군가가 우리를 향해 그렇게 외쳤다. 분명 외계어일 텐데 한국어처럼 자연스럽게 들렸다. 당황한 신유승이 주춤거리며 내 쪽으로 물러섰다. 적어도 수백은 될 법한 병력이 드넓은 평원 일부를 메우고 있었다.

수십의 기병대와 수백의 궁병. 거기에 수백의 보병까지.

전쟁을 치르기에 충분한 인원이 그곳에 모여 우리가 나오기를 기다리고 있었다.

"스킬을 준비하라!"

"진격 준비!"

무수한 인파가 살기등등하게 우리에게 창과 랜스를 겨누었다. 아무것도 잘못한 게 없는데 적이 되어 있었다.

"쳐라—!"

평소라면 압도되고도 남을 법한 광경이었다. 그들의 크기만 달랐더라면 말이다.

"와아아아아!"

평원을 가로지르며 이쪽으로 달려오는 병력은 하나같이 내 주먹만 한 키의 소인小人이었다. 당황한 신유승이 외쳤다.

"사람들이 엄청 쪼끄매요!"

"이곳 주민일 거야."

"설마 저 사람들이랑 싸워야 해요? 아니죠?"

신유승이 달려드는 소인들에게서 조금씩 물러나며 말했다.

"……너무 작아서 불쌍한데."

[이계인과 조우했습니다. 시나리오 내용을 확인하십시오.]

떨어진 곳에서 비명이 들려온 것은 그때였다.

"저, 저쪽에도 재앙이 나타났다!"

"끄아아아악!"

"모두, 모두 도망쳐라! 전군 후퇴!"

우리에게 달려들던 소인들이 갑자기 전열을 물리며 달아나기 시작했다.

투두둑, 하고 거스러미가 뜯어지는 듯한 소리와 함께 터져나가는 소인들. 멀리서 누군가가 소인들을 밟아 죽이고 있었다.

"이번 시나리오는 우습군."

잘 들리지는 않지만, 통역된 외국어 같았다. 그쪽에는 세 사람이 있었다. 머리에 화려한 염색을 한 사내, 도끼를 쥔 대머리 사내, 그리고 일본도를 쥔 작은 사내였다.

"으아아악!"

무자비하게 죽어가는 소인들을 보며 일본도 사내가 외쳤다.

"마루야마 씨! 잠깐만! 함부로 죽이지 마세요. 이즈미 씨가 이야기한 거 다 잊었습니까?"

"1군이랑 연락 끊어진 지 언젠데 아직도 이즈미 타령이냐?"

"미치오 군. 자네도 시나리오를 받았을 텐데. 하찮은 도덕 타령이나 할 상황이 아니다. 지금 우리가 뭐가 되었는지 잘 기억하라고."

킬킬 웃은 대머리 사내가 장난이라도 치듯 바닥에 도끼를 내리꽂았다. 소인들이 벌레처럼 잘려나가며 절규했다. 곁에서 그 광경을 지켜보던 신유승이 질린 목소리를 냈다.

"아저씨, 이 시나리오 대체 뭐예요? 우린 뭘 해야 해요?"

나는 유중혁이 신유승을 데려오지 않으려 한 이유를 알고 있었다. 생각해보면 나보다 그 녀석이 더 인간적일지도 모른다.

"스타 스트림에서 시나리오를 진행하는 건 지구만이 아니야."

나는 평원을 넘어 달아나는 소인들을 가리키며 말을 이었다.

"그리고 이 시나리오는 저들과 우리가 함께하는 거고."

[상당수의 성좌가 피와 폭력에 굶주려 있습니다.]

[상당수의 성좌가 당신의 과감한 선택을 종용합니다.]

[메인 시나리오가 활성화됩니다.]

〈메인 시나리오 #6 - 버려진 세계〉

분류: 메인

난이도: S

클리어 조건: 제9781 행성계, 행성 '피스 랜드'의 지배종을 멸절

하시오.

제한 시간: 40일

보상: 200,000코인, ???

실패 시: ―

여섯 번째 시나리오에서 우리는 '재앙을 막는' 역할이 아니다.

[당신은 행성 '피스 랜드'의 '재앙'이 됐습니다.]

이곳에서 우리는 이 세계를 파괴하는 재앙이 되어야 한다.

24
Episode

바꿀 수 있는 것

Omniscient Reader's Viewpoint

1

[현재 시나리오에 참가 중인 국가는 '일본' '한국'입니다.]

일본 측 화신의 학살로 평원에는 피바람이 불었다. 이미 전투라고 부를 수 없었다. 여러 갈래로 찢긴 소인들 허리에서 내장이 흘러내렸다. 화신들이 발을 내디딜 때마다 그 발길에 불어터진 면발처럼 소인들이 짓밟혀 터졌다.

"으아아아아……."

"사, 살려줘! 살려주세요!"

작은 비명에도 삶의 무게는 똑같이 매달려 있었다. 크기만 작을 뿐, 그들 역시 시나리오가 내려오기 전까지는 지구인처럼 평범한 삶을 이어나갔을 것이다. 밥을 먹고, 일하고, 가족들과 함께 평범한 삶을 영위했을 것이다. 쓰러진 소인들 시체

위로 익숙한 지구의 정경이 겹쳤다.

"재, 재앙……이시여……."

엉금엉금. 하반신이 뜯긴 소인 하나가 우리 발치로 기어왔다.

"부디, 자비를……."

상식을 초월하는 힘은 공포와 동시에 경외를 낳는다. 아마도 피스 랜드 주민들에게 지구인이란 재앙인 동시에 신이리라. 나는 다가온 소인에게 허리를 숙여 손가락을 내밀었다. 그 손가락을 향해 소인이 마주 손을 뻗었다. 가쁜 숨이 교차하는 소리와 함께 손끝에서 조그만 감촉이 느껴졌다.

마지막 숨을 내쉬는 순간, 소인의 표정은 묘한 환희로 물들어 있었다. 마치 신에게 닿기라도 한 것처럼. 그것으로 구원이라도 받은 것처럼.

[재앙의 임무를 수행하십시오.]

경고하듯 날아드는 메시지. 하찮은 감상에 젖을 여유 따위는 없다는 듯, 하늘에서 강한 압력이 느껴졌다. 신유승이 하늘을 노려보며 물었다.

"이것도…… 다 저놈들이 만든 시나리오죠?"

중급 도깨비. 하급 도깨비와 달리 여유롭게 팔짱을 낀, 수려한 용모의 도깨비가 공중에 있었다. 관리국에 끌려간 바울 녀석은 아니었다. 그놈이야 지금쯤 초열지옥에서 온몸이 녹아내리고 있겠지. 나는 미리 읽고 온 멸살법 텍스트를 떠올렸다.

「'버려진 세계' 시나리오를 진행하는 중급 도깨비. 녀석의 이름은 '가눌'이다.」

중급 도깨비 가눌이 말했다.

[과연, 일본 쪽 3차 투입자분들은 초장부터 화끈하시군요. 부디 피스 랜드에서 많은 코인을 벌어 돌아가시길 기원합니다.]

벌써 3차라. 예상대로 '도쿄 돔' 화신들은 시나리오 수행 페이스가 아주 고속인 모양이었다. 멀리서 일본 측 화신들 목소리가 들려왔다.

"너무 쉬운데? 진짜 선발대가 알려준 그대로야."

"마루야마, 자네는 어느 쪽에 설 거지?"

"당연히 총수 밑으로 들어가야지. 아마노 씨도 그럴 생각 아니었어?"

총수. 나도 아는 별명이었다.

멸살법에도 나오는 강자의 별명. 대충 이번 회차의 일본이 어떤 상황일지 예상이 갔다. 그런데 이상한 일이었다. 총수가 아무리 강하다 해도, 내가 알기로 현 일본 최강은…….

"일본의 왕은 이즈미 씨예요. 두 분 다 잊으신 건 아니죠?"

작은 사내가 말했다. 내가 알기로도 그랬다. 현 일본 최강의 화신은 '이즈미 히로키'였다. 절대왕좌도 그의 소유고. 그러니 이해가 가지 않는 상황이었다. 절대왕좌 주인이 멀쩡히 살아 있는데 다른 그룹에 들어간다고?

"미치오. 너도 소문을 들어서 알 텐데? 이즈미는 이제—"

흥미로운 대화가 나오려는 찰나, 허공에서 맥을 끊는 메시지가 날아들었다.

[일부 성좌가 한 번에 소인을 열 마리 밟아 죽이는 광경을 보고 싶어 합니다.]

"오케이! 맡겨두라고!"

현상금 시나리오를 받은 붉은 머리 사내가 양손에 파란 불꽃을 피웠다. 불꽃계 능력을 사용하는 화신. 아마도 위인급 요괴를 배후성으로 둔 것 같았다.

"잠깐. 거기까지만 하시죠. 이미 충분히 죽이지 않았습니까!"

이즈미를 거론한 작은 사내가 앞을 막았다.

"이런 짓을 하면 이즈미 씨나 렌 누나가 두고 보지 않을 겁니다."

"비켜. 성좌들 싫어하는 거 안 보이냐?"

작은 사내는 벌벌 떨면서도 물러서지 않았다. 서서히 칼자루로 향하는 그의 손. 붉은 머리 사내의 표정이 굳어졌다.

"너 미쳤냐? 저 벌레들 때문에 우리랑 싸우겠다고?"

"미치오 군. 괜한 만용 부리지 마시게."

순간 흥미가 생겼다. 이런 상황에서 소인을 구하기 위해 위험을 무릅쓰는 사내. 어쩌면 내가 아는 인물일 수도 있었다.

[전용 스킬, '등장인물 일람'을 발동합니다!]

[해당 인물에 관해 의미 있는 정보가 거의 존재하지 않습니다.]

[사용자 설정에 따른 요약 일람으로 전환됩니다.]

〈등장인물 요약 일람〉

이름: 미치오 쇼지

배후성: 없음(현재 한 명의 성좌가 해당 화신에게 관심을 보이고 있습니다.)

전용 특성: 정의로운 겁쟁이(희귀)

종합 능력치: [체력 Lv.25] [근력 Lv.24] [민첩 Lv.31] [마력 Lv.23]

종합 평가: 해당 등장인물은 평균 능력치가 형편없는 수준으로, 어떻게 여기까지 살아남았는지 의문일 정도입니다.

흥미롭게도 이현성과 같은 '정의' 계통 특성을 가지고 있었다. 하지만 그 이외에는 별 볼 일 없었다. 종합 평가에 언급되는 평균 능력치는 차치해도, 배후성 선택조차 받지 못한 상태. 정말 잘도 여기까지 살아남았다 싶을 정도였다.

그런데…… '미치오 쇼지'라.

머릿속에서 멸살법 페이지가 빠르게 넘어갔다. 그러나 내가 원하는 페이지를 찾기도 전에 붉은 머리가 입을 열었다.

"덤빌 수 있으면 덤벼봐. 하지만 잊지 마라. 이곳에는 네가 믿는 이즈미도 렌도 없다는 걸."

그 말에 미치오 쇼지의 얼굴이 험악해졌다. 그러나 잠시뿐이었다. 칼자루를 쥔 손이 부르르 떨리더니, 천천히 칼자루와 멀어졌다. 허공의 어느 한 점을 보는 멍한 눈빛. 툭 떨어진 고개 각도에서 깊은 절망이 느껴졌다.

"아저씨, 저 사람……"

신유승은 잘 이해할 수 없다는 눈치였다. 딱히 정신 공격을 당한 것도 아니고, 기세에서 밀린 것처럼 보이지도 않았기 때문이다. 나는 무엇이 그를 좌절케 했는지 알지만 아무 말도 하지 않았다. 붉은 머리가 비웃듯 그를 지나치며 말했다.

"시작하자고, 아마노 씨."

"좋지."

붉은 머리가 양손을 뻗자, 폭발적인 불꽃이 평원을 휩쓸었다. 대머리도 지지 않겠다는 듯 도끼를 던졌다.

도끼날에 스칠 때마다 무참히 잘려나가는 소인들. 희열에 젖어 학살을 치르는 두 사내의 눈에, 소인족은 살아 있는 코인처럼 보일 것이었다. 내 옷소매를 그러쥔 신유승의 손이 분노로 떨렸다. 하지만 아직 신유승이 나설 때가 아니었다.

"저길 봐."

신유승의 눈이 내가 가리킨 곳을 향했다. 소인들의 피로 얼룩진 전장의 중심에서, 중무장한 소인 하나가 걸어 나오고 있었다. 다른 소인보다 체격이 다부진, 지휘관 격으로 보이는 존재였다.

"저 소인, 뭔가 달라 보여요."

"작다고 다 약한 건 아니니까."

내 말이 들리기라도 하는 양, 소인은 우렁찬 기합을 터뜨렸다. 롱소드를 힘껏 치켜들고는 평원을 내달렸다. 대머리 사내가 귀찮다는 듯 도끼를 휘둘렀으나 소인은 가볍게 방향을 틀어 피했다.

심지어 도끼 자루를 타고 달려 대머리 사내의 손등에 처음으로 칼을 박아 넣었다. 대단한 전투 감각이었다. 깜짝 놀란 대머리 사내가 팔을 휘둘러 소인을 떨쳐냈다.

"이런 빌어먹을!"

내던져진 소인이 비명을 지르며 평원을 나뒹굴었다. 바늘에 찔린 듯 대머리 사내 손등에 작은 생채기가 남았다.

"저걸 봐! 재앙이 피를 흘린다!"

"와아아아!"

한 방울의 피. 그 한 방울이 소인들에게는 기적이었다. 피를 흘리는 존재. 재앙은 죽일 수 있다. 단 한 방울의 피가 가르쳐 주었다.

"할 수 있다! 쳐라! 조금만 더 하면 된다!"

사기가 올라간 소인들이 도주를 멈추더니 역으로 재앙을 향해 달려오기 시작했다.

"저리 꺼져, 날벌레 새끼들아!"

거머리처럼 붙은 소인들이 대머리와 붉은 머리 사내에게

이쑤시개보다 작은 검을 휘둘렀다.

미세한 화살이 허공을 수놓았고, 기병들은 포기하지 않고 진형을 유지하며 재앙의 발목에 랜스를 꽂았다. 별다른 타격은 없지만 소인들은 포기하지 않았다. 신유승도 손을 꼭 그러쥔 채 그 광경을 보고 있었다.

"작은 친구들이 이길지도 모르겠어요."

어디선가 간접 메시지도 들려왔다.

[작은 행성의 작은 성좌가 화신 '길레미엄'을 응원합니다.]

이 작은 행성에도 역시나 성좌는 있다. 작은 행성에서 태어나 작은 인간의 믿음을 먹고 자라난 성좌.

[작은 행성의 작은 성좌가 화신 '길레미엄'에게 10코인을 후원했습니다.]

'길레미엄'은 대머리 사내에게 상처를 낸 소인의 이름인 듯했다.

"세상에서 가장 작은 신념을 위하여!"

"위하여!"

조금만 더 공격하면 함락시킬 수 있을 것처럼, 소인종 모두가 흥분해 있었다. 정확히 도깨비의 목소리가 들리기 전까지는 그랬다.

[재밌게 흘러가는군요.]

도깨비 가눌이 웃었다. 어딘가 기시감이 드는 웃음이었다.

[실낱같은 희망이 이야기를 더 절박하고 아름답게 만들어 주는 법이죠. 그런 의미에서―]

공격받던 일본인들 몸에서 새카만 아우라가 흘러나왔다. 뭔가 사태가 이상하다는 것을 깨달은 소인들이 일제히 공격을 멈추고 전열을 가다듬었다.

[지금부터 '재앙'의 페널티를 일부 해제하겠습니다. '재앙의 길'을 선택하신 분들은 추가 버프 사용이 가능하니 꼭 특성창을 확인해주시기 바랍니다.]

자신의 몸을 내려다본 붉은 머리 사내가 피식 웃었다.

"뭐야, 쉬운 것도 정도가 있지. 이러면 재미가 없어지는데."

[이번엔 쉬워도 됩니다. 스트레스 해소 게임이라고 생각하시죠.]

"그렇게까지 말한다면야……."

빙긋 웃은 대머리 사내가 먼저 버프를 발동했다. 피 묻은 도끼날에 강력한 마력이 깃들기 시작했다.

[재앙의 개연성 제약이 일부 해제됐습니다.]
[재앙들은 일정 시간 동안 배후성과의 동조율 한계치가 상승합니다.]
[부족한 개연성은 <스타 스트림>이 대신 지불할 것입니다.]

평원 바닥이 진동을 일으키더니, 백 명에 달하는 소인이 한

꺼번에 피 분수를 내뿜으며 갈라졌다. 상당한 파괴력이었다. 내가 보기에도 이 정도인데 저 소인들 눈에는······.

아니, 놀랄 소인도 거의 남지 않았군.

압도적인 재해 앞에 소인들이 대소변을 지렸고, 어떤 소인은 그대로 혼절해버렸다. 미친 듯이 비명을 지르던 소인은 이내 비명조차도 잊은 듯 황망히 재해를 마주했다.

"아아아아아······!"

무기를 놓은 소인들이 하나둘 무릎을 꿇었다.

「이길 수 없다.」

「우리 행성은, 이제······.」

절망의 깊이가 너무나 아득해서 읽는 것만으로 고통스러울 지경이었다. 대머리 사내에게 타격을 준 소인마저 어느새 전의를 잃고 롱소드를 떨어뜨렸다.

[소수의 성좌가 학살에 만족합니다!]

[작은 행성의 작은 성좌가 몹시 고통스러워합니다!]

[극소수의 성좌가 건방진 화신 '길레미엄'의 사지를 하나씩 뜯어 죽이기를 원합니다!]

[작은 행성의 작은 성좌가 고통에 몸부림치며 제발 그러지 말아달라고 부탁합니다!]

붉은 머리 사내가 즐거운 듯 웃었다. 그는 천천히 손을 뻗어 바닥에 주저앉은 지휘관 소인을 움켜쥐었다.

"하하, 그래, 우리 성좌님들. 이 자식을 어떻게 할까?"

[작은 행성의 작은 성좌가 제발 그러지 말아달라고 호소합니다!]
[작은 행성의 작은 성좌가 그 화신을 살려준다면 10코인을 줄 수 있다고 말합니다!]
[작은 행성의 작은 성좌가 10코인을 후원했습니다!]

"뭐야, 겨우 10코인? 장난쳐?"

[극소수의 성좌가 화신 '길레미엄'의 사지를 찢으면 300코인을 주겠다고 말합니다!]
[극소수의 성좌가 선수금으로 100코인을 지급했습니다!]

"오, 그래?"

붉은 머리가 손가락으로 길레미엄의 작은 팔을 들어 올렸다. 벌레의 팔다리를 뜯는 어린아이처럼, 잔혹한 미소가 얼굴에 번졌다. 소인의 작은 팔이 하나씩, 아주 천천히 몸에서 멀어졌다. 평원을 울리는 소인의 끔찍한 비명. 거의 동시에, 상대측 화신들 몸에 깃든 검은 아우라가 차츰 연해지기 시작했다. 슬슬 때가 되었다는 뜻이다.

"저건 도저히 못 참겠어요."

신유승이 앞으로 나섰다.

"유승아."

멀찍이 주저앉아 있는 작은 사내의 등이 보였다. 동료를 막
으려 했으나 막지 못한 사내, 미치오 쇼지. 신유승은 그처럼
절망하게 될 수도 있었고, 더 운이 나쁘다면 저들 손에 죽을
수도 있었다.

"저들과 싸우면 시나리오는 굉장히 어려워질 거야."

"어려워도 클리어할 수는 있죠?"

나는 잠시 생각하다가 대답했다.

"그래."

그거면 대답이 되었다는 듯 신유승의 눈동자에 환한 빛이
돌았다.

"그럼 할래요."

예상한 대답이었다. 다른 사람도 아니고 이 아이라면, 당연
히 그런 선택을 하리라 생각했다. 지금까지 시간을 끈 것은 최
대한 이쪽의 승산을 높이기 위함이었다.

[재앙의 개연성 제약이 원래대로 돌아갑니다.]

검은 아우라에 휩싸여 있던 화신들의 힘이 원래대로 돌아
갔다. 그것을 신호로, 신유승과 내 신형이 동시에 움직였다.

[〈스타 스트림〉이 당신에게서 이상 징후를 감지했습니다.]

[경고합니다. 같은 재앙을 적대하지 않도록 조심하십시오.]

아마 신유승은 자신의 결심을 후회할 것이다. 편한 시나리오에서 '편함'을 포기한 존재가 어떻게 되는지 똑똑히 알게 될 테니까. 하지만 편의를 포기하더라도 신념을 지켜야 할 때가 있다.

['신념의 칼날'이 활성화됩니다.]

빛이 폭발하며, 굉음이 평원을 울렸다.

2

[작은 행성의 작은 성좌가 당신을 발견했습니다.]

달려가는 우리를 가장 먼저 발견한 건 이 행성의 성좌였다.

[작은 행성의 작은 성좌가 애처로운 눈빛으로 당신을 바라봅니다.]
[작은 행성의 작은 성좌가 작은 행성에 대한 당신의 동정심을 기대
합니다.]
[작은 행성의 작은 성좌가 당신을 보며 희망을 품습니다.]
[작은 행성의 작은 성좌가 당신에게 10코인을 후원했습니다.]

나는 가만히 허공을 올려다보다가 메시지를 반송했다.

[당신은 후원받은 10코인을 반환했습니다.]

[작은 행성의 작은 성좌가 당황합니다.]

아무래도 오해를 한 모양이었다. 10코인이 너무 푼돈이어서 받지 않는다고 생각했겠지. 하지만 그 생각은 틀렸다. 나는 아주 작은 목소리로, 허공을 향해 입 모양으로 말했다.

'정말로 네 행성을 생각한다면 그런 짓은 하지 마.'

[작은 행성의 작은 성좌가 얼굴을 붉힙니다.]

'네 행성을 돈에 팔려 다니는 이야깃거리로 만들기 싫다면.'

[작은 행성의 작은 성좌가 비통하게 침묵합니다.]

'그리고 나는 그 돈을 받을 만큼 떳떳한 사람도 아냐.'

지금 내 행동은 딱히 정의를 위한다든가 하는 거창한 윤리관 때문이 아니었다. 여기서 소인종을 적대하면 결말을 위해 필요한 업적을 놓치게 된다.

그것이 지금 내가 '신념의 칼날'을 바닥에 꽂아 넣는 이유의 전부였다.

[<스타 스트림>이 당신에게서 이상 징후를 감지했습니다.]

[경고합니다. 같은 재앙을 적대하지 않도록 조심하십시오.]

[적대 행위가 반복해서 누적될 시 심각한 페널티를 받게 됩니다.]

쾅아아앙— 흙먼지가 자욱하게 피어오르자, 시야가 가려진 일본인들이 먼지 속에서 고함을 쳤다. 당황한 붉은 머리 사내가 손아귀에서 화신을 놓치며 바닥을 굴렀다.

"와아악! 뭐야 갑자기?"

"웬 놈이냐!"

나는 빈틈을 놓치지 않고 허공에 떠오른 소인을 가로채 멀찍이 떨어진 곳에 내려두었다. 부연 먼지 사이로 엉뚱한 방향을 향해 스킬을 난사하는 일본인들이 보였다.

[작은 행성의 작은 성좌가 작은 가슴을 콩닥댑니다.]

나는 잠시 고민했다. 지금 저들을 살해하면 곧바로 새로운 시나리오를 받을 수 있다. 하지만 그로 인해 페널티를 받는다면 앞으로의 계획을 그르칠 수도 있다.

"아저씨, 이번엔 제가 할게요."

신유승이 유상아에게 받은 단도를 뽑아 들며 앞으로 나섰다.

"제가 둘 다 상대할 수 있어요."

"오래 싸우면 안 돼. 페널티 메시지 들었지? 최대한 빠르게 해결해야 해."

"맡겨두세요."

만약 신유승이 저 둘을 상대할 수 있다면, 이번 시나리오에서 우리가 생존할 확률은 급격하게 올라갈 것이다. 그만큼 선택지도 늘어날 테고.

피스 랜드에서는 해야 할 일이 많았다. 그중에서도 가장 중요한 목표는 페르세포네가 말한 '뱀'을 잡는 것. 페널티를 늦출 수만 있다면, 뱀을 잡는 시기는 내 생각보다 훨씬 앞당겨질지도 모른다.

"뭐야, 어떤 놈이야!"

신유승이 흙먼지를 뚫고 목소리가 들려온 쪽을 향해 달렸다. 거의 동시에 나는 '은둔자의 망토'를 사용해 몸을 감췄다. 고도의 색적索敵 스킬 앞에서는 무효한 아이템이지만, 저들에게 그런 스킬은 없을 것 같았다.

"으아앗!"

사각에서 날아온 단도에 붉은 머리 사내가 비틀거렸다. 기습에 놀란 일본인들은 흙먼지 속에서 아이가 등장하자 의아하다는 표정을 지었다.

"뭐야, 꼬맹이잖아? 못 보던 얼굴인데……"

재빨리 주변을 살핀 대머리 사내가 중얼거렸다.

"설마 한국 투입자인가?"

나와 달리 [통역] 스킬이 없어 신유승이 말을 알아듣지 못하자 사내들의 표정이 변했다.

"이번에 한국도 추가 투입에 들어갔다더니 사실이었군."

"꼬마야, 비켜. 우리끼린 싸울 필요 없다고. 돈 파이트! 돈 파이트! 오케이?"

"우린 그냥 저 벌레들만 죽이면 된다. 너와는 싸울 생각이 없어."

사내들이 어설픈 영어까지 써가며 싸울 의사가 없음을 밝혔지만, 신유승은 그저 고개를 저을 따름이었다. 날카로운 단도가 자신들을 가리키자 두 사내가 흠칫 어깨를 떨었다. 신유승이 계속 다가가니 대머리 사내가 미간을 찌푸렸다.

"곤란하군. 하필 현상금 시나리오 중에…….”

"내 배후성이 그냥 꼬마를 해치우라는데. 이쪽은 둘이니까 해볼 만하지 않아?"

"한국은 이제 초기 투입이 시작된 상태야. 우리 쪽 1차와 2차에 누가 투입됐는지 잊은 건 아니겠지.”

나 역시 일본 측 초기 투입자에 관해 잘 알고 있었다. 백요百妖의 왕 이즈미 히로키와 그의 동료들. 어느 국가든 초기 투입에 선별되는 인원은 해당 국가의 최정예 화신이다. 그걸 잘 알 테니 사내들도 신유승과 싸우기를 꺼리는 눈치였다.

반면 신유승과 일본인 간 대치를 바라보던 소인들 얼굴에는 기이한 동요가 번져갔다.

"아아…… 대체……?"

놀랄 법도 했다. 갑자기 나타난 작은 재앙이, 더 커다란 재앙을 상대로 싸우고 있으니.

[작은 행성의 작은 성좌가 화신 '신유승'에게 감동합니다.]

[작은 행성의 작은 성좌가 화신 '신유승'에게 10코인을 후원했습니다.]

[화신 '신유승'이 새로운 시나리오의 가능성을 입수했습니다.]

[극소수의 성좌가 화신 '신유승'의 모습을 긍정적으로 평가합니다.]

[극소수의 성좌가 화신 '신유승'을 응원하기 시작합니다.]

성좌들 반응도 그렇고, 상황은 그렇게 나쁘지 않았다. 하지만 이야기를 좋아하는 도깨비가 이 사태를 그냥 두고 볼 리 없었다.

[일본 측 화신분들. 본인들이 불리하다고 생각하시는 모양인데, 정말 그럴까요?]

하여간 빌어먹을 도깨비 자식. 뭔가 깨달은 붉은 머리 사내가 중얼거렸다.

"아, 맞아! 그러고 보니……."

"먼저 공격한 건 저쪽이야. 아직 페널티에 대해 모르는 것 같다."

"한국이든 일본이든 초기 투입자는 멍청한 모양이군."

결정을 끝낸 일본인들의 눈빛이 변했다. 살기 어린 두 눈이 동시에 신유승을 향했다.

"꼬마야, 어린애라고 봐주진 않는다."

그 살기에, 말을 알아듣지 못하는 신유승도 금방 사태를 파악했다. 두 사내가 천천히 신유승의 전후를 포위했다. 첨예한 기파가 세 사람의 몸에서 피어오르는가 싶더니 두 사내의 그림자가 동시에 움직였다.

쐐애액!

민첩을 최대치까지 찍은 신유승은 어렵지 않게 도끼와 불꽃을 피했지만, 아슬아슬하게 스쳤다. 나는 '등장인물 일람'을 발동하여 정보를 확인했다.

[전용 스킬, '등장인물 일람'을 발동합니다!]
[요약 일람으로 전환됩니다.]

〈등장인물 요약 일람〉

이름: 마루야마 켄이치
배후성: 두 개의 꼬리를 지닌 여우
전용 특성: 관심종자(희귀)

(…)

〈등장인물 요약 일람〉

이름: 아마노 고로
배후성: 삼십 갑자 거북이
전용 특성: 강한 대머리(희귀)

(…)

두 사내의 종합 능력치는 그럭저럭 준수했지만 신유승이 밀릴 정도는 아니었다. 전용 특성도 평범한 정도. 딱 하나 걸리는 것은 둘의 배후성이었다.

그래도 3차 투입자라면 일본 안에서는 한가락 하는 자일 터. 내가 알기로, 일본 측 강자의 주요 배후성은 대개 '검객'이나 '사무라이'였다. 그런데 둘 모두 요괴라.

[성좌, '두 개의 꼬리를 지닌 여우'가 위선을 싫어합니다!]
[요괴 출신 성좌들이 화신 '신유승'에게 적의를 보입니다!]

하필 지금 시기에 요괴 배후성이 날뛰는 것이 우연일까. 백요의 왕 이즈미의 배후성이 건재하다면, 저 성좌들이 지금처럼 기세등등할 턱이 없을 텐데.

"계속 도망 다니기는 어려울 거다 꼬마야!"

두 사내의 공세가 한층 더 날카로워졌다. 다리를 베는가 싶던 도끼가 허리를 노렸고, 팔을 노린다 싶던 주먹이 턱으로 날아들었다. 페인트 동작이 공격 면면에 숨어 있었다. 어쨌거나 그들 역시 여섯 번째 시나리오까지 생존한 화신인 것이다.

신유승의 움직임을 읽어낸 도끼가 정확히 등을 노리고 쇄도했다. 도저히 피해낼 틈이 보이지 않았다. 그 순간, 신유승의 손에서 은빛 단도가 쏘아졌다. 단도가 먼 곳의 바닥을 찍음과 동시에, 신유승의 몸이 순간이동 하듯 단도 쪽으로 당겨졌다.

"뭐야?"

"블링크? 마법인가?"

마법이 아니었다. 자세히 보니 단도 끝에 아주 가느다란 실 같은 것이 묶여 있었다.

"……거미줄?"

아이 손에는 흰색 바탕에 검은색 줄무늬가 쳐진 거미가 쥐어져 있었다. '매트 스파이더'. 신유승이 지구에서 길들인 9급 괴수종이었다. 거미가 뿜은 실은 정확히 칼자루에 연결돼 있었다.

슈슈슉!

단도가 향하는 방향으로 잔상을 남기며 사라지는 신형. 신유승의 부족한 민첩을 커버하는 기술이었다. 눈이 어지러워진 사내들이 욕설을 내뱉었다.

"망할, 어디야!"

나는 신유승에게 그 기술을 가르친 이를 생각했다. 아라크네의 거미줄을 사용한 고속 이동. 분명 유상아의 기술이다.

풀숲 사이로 날아드는 단도에 사내들 몸에 생채기가 늘기 시작했다.

"당황하지 마! 내가 처리한다!"

붉은 머리 사내가 양손에서 불꽃을 끌어 올리더니 평원 일대를 불태우기 시작했다. 노련한 판단이었다. 아무리 매트 스파이더의 거미줄이 튼튼하다 해도 고열을 견딜 수는 없었다.

거미줄이 녹아내리자 한순간 신유승의 신형이 노출되었다. 사내들은 그 틈을 놓치지 않았다.

스팟!

신유승의 옷깃이 베이고 팔에 작은 실선이 그어졌다. 나는 언제라도 움직일 수 있게 칼자루를 굳게 쥐었다. 명색이 배후 성인데, 마땅한 성흔 하나 주지 못하는 것이 마음에 걸렸다.

빈틈을 집요하게 좇는 도끼와 불꽃이 각각 신유승의 옆구리와 목을 노리고 날아들었다.

"죽어어!"

특유의 과장된 외침과 함께, 도끼와 주먹이 교차했다. 그러나 신유승은 피하지 않고 웃었다.

다음 순간, 거대한 그림자 같은 것이 두 사내를 덮쳤다. 뒤이어 울려 퍼지는 끔찍한 비명.

"크아아아악! 뭐야!"

[화신 '신유승'이 '상급 다종 교감 Lv.3'을 발동 중입니다.]

까맣게 타버린 평원의 수풀 사이로 수십 개의 새파란 그림자가 일어서고 있었다. 조용히 사내들을 포위한 짐승 수십 마리. 숲 지대의 지배 괴수종, 스틸울프. 사내들의 얼굴이 하얗게 질렸다.

[소수의 성좌가 화신 '신유승'의 침착함에 감탄합니다!]

나 역시 감탄하지 않을 수 없었다. 아무리 단도술을 연마했다고 해도 신유승의 특기는 근접전이 아니었다. 현란한 단도술과 거미줄의 연계는 오직 이 순간을 위해 마련된 무대 장치였다.

"맙소사! 테이머였다고?"

아우우우! 포효와 함께 수십 마리 스틸울프가 동시에 도약했다. 그 짧은 사이에 저렇게 많은 늑대를 길들이다니. 과연 미래의 '비스트 로드'다운 저력이었다.

놀란 사내들이 병장기를 휘두르며 맞섰지만, 늑대들은 팔과 다리를 집요하게 물고 늘어졌다.

"이 개새끼들이!"

아무리 약해진 7급 괴수종이라 해도 마력을 꽤 소모한 이들이 상대하기에는 버거운 숫자였다. 승리를 확신한 듯, 신유승이 내가 숨어 있는 쪽을 향해 빙긋 웃어 보였다. 하지만 아직 신유승은 모르고 있었다. 내가 왜 '시간을 끌지 말라'라고 했는지.

[<스타 스트림>이 화신 '신유승'의 이상 행동을 감지했습니다.]
[같은 재앙에 대한 의도적인 적대 행위가 감지됐습니다.]
[화신 '신유승'에게 1차 시나리오 페널티가 내려집니다.]

드디어 페널티가 시작되었다.

"어……?"

갑자기 줄어드는 마력을 느낀 신유승이 신음을 흘렸다. 늑대들이 하나둘 통제를 떠나 숲 지대로 돌아가기 시작했다.

[화신 '신유승'의 신체 부피가 감소했습니다.]
[화신 '신유승'의 종합 능력치가 감소했습니다.]

이상을 눈치챈 사내들이 외쳤다.

"됐어! 이럴 줄 알았다니까!"

결국 이렇게 되나. 신유승이 불안한 눈으로 나를 찾는 것이 느껴졌다. 나는 '은둔자의 망토'를 쓴 채 신유승의 뒤로 다가가 어깨를 짚었다. 이쯤에서……

"아저씨. 저 혼자 끝까지 하고 싶어요."

무엇이 이 아이를 이토록 몰아붙였는지 나는 알 수 없었다. 또래인 이길영에게 영향받았을까. 아니면 다른 이유가 있을까. 모르겠다. 확실한 것은 한 가지. 이건 이 아이의 싸움이라는 사실이었다.

"필요하면 언제든 말해."

"걱정 마세요."

[화신 '신유승'에게 2차 시나리오 페널티가 내려집니다.]

신유승의 몸이 점점 작아졌다. '재앙'이 스스로 권위를 포기한 대가였다. 신유승은 민첩을 최대치로 발휘해 먹잇감을 노리는 야수처럼 사내들 등 뒤로 접근했다.

"으와아앗!"

단도가 움직였고, 붉은 머리 사내의 경동맥이 맥없이 피를 토했다.

"끄어어, 너, 너…… 후회할……."

핏줄기가 평원에 후두둑 떨어지며, 창백해진 사내의 얼굴이 바닥과 가까워졌다.

[화신 '신유승'이 '아직 이름이 없는 재앙'을 처치했습니다.]
[주요 공헌자: 신유승]

신유승은 뺨에 튄 피를 묵묵히 닦아내고 다음 목표를 향해 움직였다. 공포에 질린 대머리 사내가 엉금엉금 기며 뒷걸음질 쳤다. 아직 남아 있던 스틸울프 두 마리가 사내의 팔다리를 물어뜯었다.

"끄아아아악!"

이변이 일어난 것은 그 순간이었다.

[화신 '신유승'이 '재앙'의 권리를 완전히 박탈당했습니다.]
[<스타 스트림>의 도깨비들이 '신유승'의 행동을 시나리오 대적 행위로 간주했습니다.]
[화신 '신유승'에게 3차 시나리오 페널티가 내려집니다.]
[소인화小人化가 시작됩니다.]

이 시나리오에서 포식종의 자격을 포기한 자는, 자신이 사냥하던 피식종과 비슷해진다. 쫘드드드득. 이제까지와는 비교도 할 수 없는 속도로 신유승의 육체가 작아지기 시작했다.

"아……?"

작은 신음과 함께 신유승이 쥐고 있던 단도가 바닥에 떨어졌다.

내 허리까지 오던 신유승의 키가 무릎까지, 다시 무릎까지 오던 키가 정강이까지 줄어들더니 이내 잿더미 사이에 묻혀 보이지 않게 되었다. 능력치가 감소하여 통제력이 약해지자 스틸울프가 일제히 숲 지대로 되돌아갔다.

수풀 사이로 기어 나온 조그만 신유승이 사내를 향해 절뚝거리며 다가갔다.

"유승아, 그만해도 돼."

신유승이 숨을 헐떡이며 나를 돌아보았다. 붉어진 눈에 독기와 설움이 뒤섞여 있었다. 그간 괴수와 싸운 경험은 많지만 사람과 제대로 싸워본 것은 아마 이번이 처음일 터였다.

"이미 죽었어."

신유승의 눈이 쓰러진 사내를 향했다. 스틸울프에게 목을 물린 대머리 사내는 이미 숨이 끊어졌다. 나는 떨어진 옷을 조금 찢어 신유승의 몸을 감싸 들었다. 내 주먹만큼 작아진 신유승은 자기 몸을 몇 번 관찰하더니 주먹을 쥐었다 폈다 했다. 아마 자신에게 일어난 일을 가늠하는 중이리라.

"저런 사람이 몇이나 남은 거예요?"

"꽤 많이."

신유승이 착잡한 눈으로 나를 올려다보았다.

"아저씨는 모두 알고 있었군요?"

나는 고개를 끄덕이며 아직 남은 일본인 한 명에게 다가갔다. 전투에 휩쓸려 다쳤는지 거품을 물고 기절해 있었다. 자세히 확인해보니 기껏해야 이십대 초반인 청년이었다.

"그 사람도 죽일 거예요?"

"아니. 이 친구는 쓸 데가 있어."

미치오 쇼지. 유일하게 소인을 지키려 했던 사내. 내 생각이 맞는다면 이 사내는 앞으로의 계획에 필요한 인물이었다.

[같은 재앙을 적대하지 않도록 조심하십시오.]

[재앙을 적대한 재앙은, '재앙'의 권리를 모두 잃게 됩니다.]

하늘에는 여전히 재미있어 죽겠다는 얼굴로 도깨비가 떠 있었다.

그래. 언제까지 그렇게 웃을 수 있나 보자.

[<스타 스트림>은 당신의 '재앙 활동'이 충분하지 못하다고 판단합니다.]

[앞으로 1시간 안에 '피스 랜드'의 지배종을 살해하지 않으면, 당신은 재앙으로서 활동할 의사가 없다고 간주되어 '재앙'의 지위를 박탈당할 것입니다.]

나는 거품 문 사내를 내려다보며 천천히 망토를 벗었다.

남은 시간은 한 시간.

그 안에 나는 '재앙의 왕'을 사냥해야 한다.

3

「숲 지대를 걷는 내내 쇼지는 치를 떨었다.

'정말 운이 좋았어.'

괴수를 조종하고, 단도술을 수준급으로 사용하던 꼬마 아이. 동료 마루야마와 아마노가 순식간에 당하던 광경이 지금도 뇌리에 선명했다.

'한국은 무섭구나. 어린애가 벌써 그런 수준이라니.'

백요의 왕 이즈미가 이끌던 1차 투입자에게도 전혀 밀리지 않을 전투력이었다. 어린애가 그 정도인데, 지금 곁에 있는 이 사내는 어느 정도 실력일지 좀체 가늠할 수 없었다. 새하얀 코트에 백색 칼을 꿰찬 사내. 코트 색깔을 제외하면 별달리 특별할 것도 없는 차림이지만 어쨌든 쇼지에게는 생명의 은인이었다.

"구해주셔서 감사합니다. 당신이 아니었다면 그대로 괴수에게 습격당해 죽었을 겁니다."

"뭘요."

"솔직히 감동했습니다. 설마 한국 사람에게 도움받을 줄은 몰랐으니까요."

"서로 돕고 사는 거죠."

하얀 코트의 사내는 겸손했다. 무엇보다 일본어를 잘한다는 점이 마음에 들었다. 분명 스킬이겠지만, 일본어 통역 스킬이 있다는 것 자체가 이쪽에 호의적이라는 방증이겠지.

"참, 아직 통성명을 못 했군요. 성함이 어떻게 된다고 하셨죠? 저는 미치오 쇼지라고 합니다."

"저는 독자입니다. 김독자."

"기무, 도게자?"

"……김독자."

"오오."

김 도게자라니. 한국에서는 사람에게 그런 이름을 붙인다는 말인가. 쇼지는 한국인의 예의 바른 성명이 마음에 들었다.

"근데 그 아이는 못 보셨습니까? 마루야마와 아마노를 죽인 꼬마 말입니다."

"안타깝게도 제가 이곳에 도착했을 때 살아 있는 사람은 당신뿐이었습니다."

"……그렇습니까."

"동료분들이 당해서 슬프시겠습니다."

"슬퍼요? 아뇨. 그 자식들은……."

죽어도 싼 놈들이었다, 라고 말하려다 쇼지는 입을 다물었다. 그런 놈들과 맞서 싸우지 못했다. 부끄러운 일이었다. 작은 꼬마도 맞서 싸웠는데, 나는…….

[성좌, '두 개의 꼬리를 지닌 여우'가 분노를 감추지 못합니다!]
[성좌, '삼십 갑자 거북이'가 자신의 화신을 죽인 존재를 노려봅니다!]

화신을 잃은 성좌들이 분노하고 있었다. 함께 허공을 올려다보던 김 도게자가 물었다.

"일본 측은 주로 요괴형 성좌와 계약한 모양이군요."

"꼭 그런 건 아닙니다. 최근에야 부쩍 늘었지요."

쇼지가 입술을 꾹 깨물며 말했다. 얼마 전까지만 해도 요괴형 성좌가 지금처럼 날뛰지는 못했다. 그러니까 이즈미가 도쿄에 있을 때까지만 해도.

"이즈미 씨가 계셨다면 이런 일은 없었을 겁니다."

"이즈미라면……?"

"도쿄 돔의 절대왕좌에 오른 사내입니다. 강력한 배후성과 계약한 일본 최강의 화신이자 저희 측의 1차 투입을 통솔한 리더이기도 합니다."

"그분에게 무슨 일이 생긴 겁니까?"

쇼지는 잠시 생각했다. 이런 민감한 이야기를 한국 측 투입자에게 해도 좋을지 확신이 들지 않았다. 고개를 들어 김 도게자를 가만히 살폈다. 이즈미만큼이나 깊은 눈을 가진 사람. 이런 예의 바른 이름의 사내라면 알려줘도 괜찮지 않을까.

"저를 구해주셨으니, 김 상도 '소인화'를 목격하셨겠지요."

"몸이 작아지는 걸 말씀하시는 거라면, 물론 저도 봤습니다."

이 세계에서 같은 인간을 적대한 이는 모두 '소인종'이 되고 만다. 쇼지가 마루야마와 아마노를 막지 못한 것도 바로 그 페널티 때문이었다. 가볍게 숨을 들이켠 쇼지가 재차 입을 열었다.

"일본 측 추가 투입자는 그 페널티를 이미 알고 있었습니다."

"앞선 투입자 가운데 소인 편에 선 이가 있었던 모양이군요."

"예."

쇼지는 순순히 인정했다. 일본 측 후발대가 미리 페널티에 대해 안 것은 선발대가 차원 전서구를 통해 정보를 전해준 덕분이었다.

"혹시 그게 이즈미였습니까?"

"그건 저도 모르겠습니다."

전서구는 일주일 전에 완전히 끊겼다. 마지막으로 온 전서구에 적힌 말은 다음과 같았다.

— 소인을 죽여서는 안 된다.
— 소인을 죽여라.

이야기를 듣던 김 도게자가 말했다.

"완전히 상반되는 내용이군요."

"그렇습니다."

"왜 서로 다른 메시지가 도착했을까요?"

"잘 모르겠습니다. 저도 그걸 알아보기 위해 이곳에 왔습니다."

쇼지는 눈앞의 나뭇가지를 걷어내며 말했다.

"일단은 마지막 전서구가 송신된 장소로 가보려고 합니다. 그곳에서 뭔가 찾을 수 있을지도 모르니까요."

거기까지 말한 쇼지는 잠시 말을 멈추고 머뭇거렸다. 김 도게자가 아무리 선량해 보인다 해도, 타국인에게 너무 많은 말을 하는 것은 좋지 않았다. 어쩌면 멍청한 짓을 벌였는지 모른다. 사실 이 인간은 그가 모르는 한국의 악당일 수도 있을진대.

"……김 상은 어떻게 생각하십니까. 저희가 살기 위해서라면 소인을 죽이는 게 맞다고 생각하십니까?"

"글쎄요. 만약 그런 짓을 벌인다면 지구를 공격하던 다른 재앙들과 별다를 바가 없어지겠죠."

"역시……."

쇼지는 조금 안도하며 고개를 끄덕였다.」

─아저씨.

신유승 목소리 때문에 몰입이 깨졌다.

전지적 독자 시점 2단계를 최대치로 사용하던 중이었기에, 나는 곧바로 대답을 하지 못했다.

[전용 스킬, '전지적 독자 시점' 2단계가 종료됐습니다.]
[등장인물 '미치오 쇼지'에 대한 이해도가 급격하게 상승했습니다.]

이런 식으로 인물에 몰입하는 연습을 하면 이해도를 쉽게 올릴 수 있다. 의식이 멀쩡한 상태라서 집중도가 높지는 않았지만, 그래도 쇼지가 무슨 생각을 하는지 읽어내기는 어렵지 않았다.

　—아저씨?

　—미안, 스킬 좀 연습하느라.

신유승은 작아진 채 내 주머니 속에 있었다. 배후 계약을 통해 맺어진 직결 채널로, 신유승이 말했다.

　—……조금 놀랐어요.

무엇에 놀랐는지는 묻지 않아도 알 수 있었다.

"그러니까, 김 상……."

멸살법에서 쇼지는 지나가는 단역으로 등장한다. 원활한 이야기 전개를 위해 잠깐 그의 시점으로 세계가 서술되기는 하지만, 기나긴 멸살법에서 고작 몇 문단만이 쇼지에게 할당된 전부였다.

그러나 대부분의 평범한 인생은, 때로 그 몇 장으로도 충분히 요약된다.

　—이해가 잘 안 가요. 이토록 평범한 사람이 지금까지 살아남았다는 게.

외국어라 잘 이해할 수 없었을 텐데, 신유승은 용케도 대화의 골자를 잡은 모양이었다. 하긴 이렇게 흥분해서 떠드는 걸 듣고서도 모를 수야 없겠지.

"그래서 그 대학교에서 말입니다—"

경계심이 완전히 풀렸는지 쇼지는 어느새 시시콜콜한 이야기까지 떠들어댔다. 시나리오가 시작되기 전에는 대학생이었다든가, 이런 상황은 평소 만화에서 많이 봐서 적응이 어렵지는 않았다든가…….

─한국에서도 많이 봤잖아. 평범한 사람이 바로 옆에 있는 사람들 죽이고 살아남는 거.

─그때는 시나리오 때문에 어쩔 수 없었잖아요.

─아까 죽어간 소인들에게도 똑같이 말할 수 있겠어?

─…….

─지금까지 살아남은 사람 중에 평범한 사람은 없어. 우리에게 평범해 보이는 이 청년이, 어떤 존재에겐 재앙이 될 수도 있으니까.

나는 즐거운 듯 자기 이야기를 늘어놓는 미치오 쇼지를 바라보았다. 그는 아직은 소인을 죽이지 않았다. 적어도 아직은.

─제가 아까 좀 더 일찍 말렸다면, 그들은 재앙이 되지 않았을까요?

─아니, 네가 말리든 말리지 않든 마찬가지였을 거야. 인간은 누구나 서로 재앙이니까.

─그래서 저도 미래에 재앙이 된 걸까요?

─그렇게 되지 않게 내가 막을 거야.

귓가에서 뭔가 앵앵거린다 싶더니 날벌레들이 근처를 날아다니고 있었다. 이야기를 계속하던 쇼지가 신기하다는 듯 중얼거렸다.

"벌레 크기는 똑같군요. 소인들한테는 재앙이겠는데요?"

"그렇군요."

그럴 리가. 모든 것이 작은 세계에서 벌레만 원래 크기일 리 없잖은가.

―유승아. 뭐라고 하는지 알겠어?

신유승과 이길영은 길들일 수 있는 종은 다르지만, [다종교감]을 통해 다른 종의 언어를 읽어낼 수 있다는 점은 같았다. 괜히 신유승과 이길영을 다른 조에 배치한 게 아니었다.

―'형…… 2조랑…… 만났어요……'라고 하는 거 같아요.

―좋아. 그럼 내가 하는 말도 전할 수 있지?

신유승이 작게 고개를 끄덕였다. 잠시 근처를 떠다니던 날벌레들은 이윽고 날갯짓하며 숲 건너편으로 사라졌다.

멀어지는 벌레들을 보는 내게 쇼지가 물었다.

"김 상. 제 이야기 듣고 계십니까?"

"듣고 있습니다. '이계 환생물'에 관해 말씀하고 계셨죠?"

어느새 쇼지의 화제는 대학 생활을 넘어 자신이 즐겨 보던 만화로 넘어가 있었다. 이런 상황에서까지 만화 얘기라니, 역시 지금까지 살아남은 인간 중에 평범한 인간은 없다.

"일본에서 그런 장르가 유행했다는 말은 들은 적이 있습니다. 저도 그 장르를 몇 편 봤거든요."

"오, 만화 내공이 제법 깊으시군요."

그러고 보면 멸망 직전의 일본도 한국이랑 콘텐츠 상황이 비슷했지.

한국 주인공이 모두 과거로 회귀하기 바빴다면, 일본 주인공은 죄다 이계에서 환생하기 바빴다. 둘 중 어느 쪽이 더 상황이 나쁘냐면, 아마 일본일 것이다. 일본 젊은이들은 과거로 돌아가도 희망이 없다고 생각했다는 뜻이니까.

쇼지가 밝게 웃었다.

"제가 제일 좋아하는 게 이계 환생물입니다. 현대의 압도적인 정보력을 가진 주인공이 이계로 가서 활약을 펼치는……."

"어쩌면 지금 이 상황도 누군가의 이계 환생물일지도 모르죠. 어딘가엔 주인공도 있을 거고요."

물론 나는 그 빌어먹을 주인공이 누구인지 알고 있었다. 그런데 쇼지가 뜻밖의 말을 했다.

"재미있는 말씀을 하시는군요. 제가 아는 사람도 가끔 비슷한 소리를 했습니다."

"만화를 좋아하시는 분이었나 보죠?"

"정확히는 만화가였습니다. 저희 측 1차 투입자 중 하나로, '아스카 렌'이라는 분인데……."

순간 심장이 뛰었다. 아스카 렌.

"그분이 그런 이야기를 하더군요. 이 세계도 어쩌면 누군가가 만든 만화 속인지도 모른다고요."

"그 사람은 지금 어디에—"

내 말이 채 끝나기도 전에 쇼지가 걸음을 멈췄다. 얼굴이 긴장으로 물들어 있었다.

"김 상, 찾은 것 같습니다."

"예?"

"1차 투입자가 남긴 표식입니다."

어느새 숲 지대 인근 나무의 모양이 변해 있었다. 자세히 보니 나무에는 전부 골뱅이 무늬 표식이 남아 있었다.

"이 근처입니다. 분명히 이 근처에 이즈미 씨 일행이 있었습니다."

우리는 숨을 죽인 채 조심스레 움직였다. 확실히 아까와는 숲의 분위기가 달랐다. 인위적인 고적함. 누군가가 임의로 인근의 기척을 모두 말려 죽인 듯한 섬뜩함이 흘렀다.

숲 중심지에 다다르자 작은 공터가 나타났다. 일본 측 초기 투입자들이 만든 본진인 모양이었다.

그런데 뭔가 이상했다.

[당신은 '귀진鬼陣'에 진입했습니다.]

['귀진'의 효과로 당신의 종합 능력치가 감소합니다.]

"이건……!"

귀진은 일본 성좌들이 펼칠 수 있는 고유 성흔이었다. 이즈미 또한 이 기술을 가지고 있었다.

백요의 왕 이즈미 히로키를 멸살법 최강의 100인 중 한 명으로 만들어준 기술.

"이즈미 씨! 여기 계십니까!"

만약 이게 이즈미의 [백귀진百鬼陣]이라면 서 있는 것조차 힘들어야 했다. 즉 이 기술은 백요의 왕이 펼친 것이 아니라는 뜻이었다. 나는 실시간으로 멸살법 내용을 떠올렸다.

「일본 측 인사 중 이즈미를 제외하고 '귀진'의 힘을 다룰 수 있는
화신은 극소수뿐이다.」

틀림없었다. 내가 찾던 '뱀의 화신'이 근처에 있다.

수풀이 한바탕 일렁이더니 열댓 명의 야행인이 곳곳에서
모습을 드러냈다. 일대를 거무스름하게 뒤덮는 요기. 평범한
인간이 아니었다.

시나리오에서 살아남기 위해 인외를 선택한 이들.

복면 사이로 짐승 털이나 파충류 표피 같은 것이 언뜻언뜻
보였다. 틀림없었다. 한국에 행성 클로노스의 멸망을 모티프
로 한 재앙이 있었다면, 일본에는 '백요계百妖界'의 재앙이 강
림했을 것이다.

즉 저들은 재앙의 힘을 이어받아 늑대인간이 된 송민우처
럼 스스로 인외종을 택한 요괴인간이었다. 의외였다. 이즈미
히로키가 있는 한 저런 반요가 일본 그룹의 주류가 되긴 힘들
었을 텐데.

"한국인을 데려왔군."

인외종 하나가 앞으로 나서자 쇼지가 재빨리 앞으로 나섰다.

"잠깐만요, 이분은 적이 아닙니다. 저를 구해주신 분입니다."

"3차 투입자인가. 어디 그룹이지?"

"이즈미 님 그룹입니다."

"이즈미?"

재미있는 농담이라도 들었다는 듯 인외종들이 낄낄거렸다.

"그런 그룹은 이제 없다."

"그게 무슨 말씀이십니까? 설마 이즈미 님이—"

"정말 아무것도 모르는 모양이군."

"알려주십시오! 설마 이즈미 님이 당하셨습니까?"

삐빅, 하는 소리와 함께 뒤쪽에 있던 인외종의 안경에서 빛이 흘러나왔다.

"이름, 미치오 쇼지. 종합 능력치 평균 미만. 배후성 없음. 별볼 일 없는 놈이다."

그 말을 들은 인외종이 고개를 끄덕였다.

"너는 이즈미에 대해 들을 자격이 없다. 목숨은 살려줄 테니 꺼져라."

"그럼 나는 어떨까?"

불쑥 앞으로 나서는 나를 보며 인외종들이 의외라는 듯 웃었다. 그리고 다음 순간.

[누군가가 당신에게 '전투력 측정기'를 사용했습니다!]

[전용 스킬, '제4의 벽'이 발동합니다!]

['제4의 벽'의 효과로 '전투력 측정기'의 기능이 마비됐습니다!]

퍼엉, 하고 터져버린 전투력 측정기. 인외종들이 경악한 눈으로 나를 보았다. 곁에 있던 쇼지도 깜짝 놀라 "만화에서나

보던 장면!"이라며 감탄했다. 나는 조용히 검을 뽑으며 말했다.

"너희 리더, '뱀'은 어디에 있지?"

내 말에, 인외종들의 표정이 바뀌었다.

"뭘 얼마나 알고 왔는지는 모르겠지만, 편히 보내주긴 힘들 겠군. 넌 누구냐?"

"나는……."

"잠깐. 롱코트에 검을 사용하고 건방진 말투를 쓰는 녀석이 라. 그렇군. 도깨비들에게 들은 적 있다. 네 녀석이 서울 돔 우 두머리인가?"

……어?

"듣던 것과는 좀 다르게 생겼군. 역시 소문은 믿을 게 못 돼."

아무래도 다른 자식이랑 착각하는 것 같은데.

"포위해라! 한국의 패왕이다!"

그새 유중혁 녀석의 소문이 해외까지 퍼진 모양이었다. 그 래도 하필 유중혁으로 오해해주다니 아주 기분이 나쁘지는 않군. 품속에서 신유승이 꿈틀거리는 사이, 야행인들이 나를 포위하듯 둘러쌌다. 당황한 쇼지가 어버버 변명했다.

"잠깐만요. 뭔가 오해가 있으신 것 같습니다. 이분은 패왕이 아니라 김 도게자라는 분으로—"

"조용히 하세요."

나는 쇼지를 제지하며 적 전력을 살폈다. 족히 열댓은 넘어 서는 숫자. 혼자 상대하기에는 지나치게 많았다. 하지만 상대 할 필요는 없었다. 어차피 이들은 나를 공격할 수 없으니까.

먼저 공격하는 순간 '페널티'가 적용될 것이다.

"'소인화'는 각오하고 날 공격하려는 거겠지?"

그런데 녀석들 표정이 묘했다.

"우리는 너를 공격하지 않는다. 네가 우릴 공격하게 되겠지."

"내가? 왜?"

"그러지 않으면 네놈 동료들이 죽을 테니까."

……뭐?

목소리가 들려온 쪽을 보니 나란히 잡혀 있는 소인 네 명이 보였다. 정확히는 '소인이 되어버린 자들'이었다.

"웃, 독자 씨…… 죄송합니다."

이현성, 이길영, 이지혜. 거기다…… 흘흘 웃는 406번 할머니까지. 반요가 이현성 목에 일본도를 갖다댔다.

"이제 상황 파악이 됐겠지?"

평소라면 속 터지는 전개로 느껴지겠지만 나는 오히려 웃음이 나왔다. 역시 우리 동료님들께서는 가뿐히 재앙을 해치우고 벌써 소인으로 변모해 계셨던 모양이다.

신유승이 말했다.

―아저씨, 어떡해요?

[16분 안에 '소인종'을 사냥하십시오. 그러지 않으면 <스타 스트림>은 당신에게 재앙 활동 의사가 없다고 간주할……]

'뱀'을 사냥하기에는 시간이 아슬아슬했다. 슬슬 결정을 내려야 했다. 여기서 뱀을 사냥할 것인가 포기할 것인가.

가볍게 숨을 고른 내가 칼자루를 고쳐 쥐는 사이, 누군가가 나를 대신해 움직였다.

[등장인물 '미치오 쇼지'가 당신에게 죄책감을 느끼고 있습니다.]
[등장인물 '미치오 쇼지'가 일생일대의 결단을 내립니다!]
[등장인물 '미치오 쇼지'가 특성 진화를 앞두고 있습니다!]

······응?

"여긴 제가 맡겠습니다!"

우렁찬 기합과 함께, 칼을 뽑아 든 미치오 쇼지가 앞으로 나섰다. 한 시간 전과는 달리 표정에 비장함이 서려 있었다.

"이 몸 미치오 쇼지! 은인에게 도움을 받고도 외면할 만큼 파렴치한은 아니다!"

쇼지는 덜덜 떨면서도 한 발짝씩 내디뎌 사내들 앞을 막아섰다.

"잠깐만요, 미치오 씨."

"김독자 씨, 도망치십시오! 제가 시간을 벌겠습니다!"

이 자식, 방금 내 이름 똑바로 말한 것 같은데.

"이야아아아아아!"

[화신 '미치오 쇼지'가 '재앙'의 권리를 스스로 포기했습니다.]

결론부터 말하자면 쇼지의 용기는 도움이 되었다. 쇼지가 눈물 콧물을 흘리며 실시간으로 작아지는 사이, 나는 일행들에게 작전대로 하자는 눈짓을 보냈다.

[15분 안에 '소인종'을 사냥하십시오. 그러지 않으면 <스타 스트림>은 당신에게 재앙 활동 의사가 없다고 간주할 것입니다.]

아직 싸우지도 않았는데, 벌써 몸의 골격이 미묘하게 수축할 낌새를 보였다. 이대로 페널티를 연거푸 당하면 나도 순식간에 일행들과 같은 꼴이 되겠지. 나는 일부러 인외종을 향해 천천히 다가가며 물었다.

"왜 우리를 적대하지? 국가가 다르다고 해도, 이번 시나리오는 한국 대 일본이 아니라 소인 대 재앙일 텐데."

"몰라서 묻나? 먼저 적대한 건 네놈들이다. 너희 쪽 투입자가 먼저 우릴 공격하지 않았나?"

나는 이현성 쪽을 돌아보며 물었다.

"정말입니까?"

"아닙니다! 소인을 지키기 위해 싸운 건 맞지만……."

"아니라는데?"

"시치미 뗄 생각이라면 그만둬. 우릴 먼저 공격한 건 그쪽 팀의 남녀 한 쌍이었다."

순간 머릿속을 스쳐 가는 것이 있었다. ……남녀 한 쌍?

"걔네 어떻게 생겼는데?"

"잔말 말고 어서 덤비지 않으면······!"

거리는 이 정도면 충분히 가깝고.

[전용 스킬, '책갈피'를 발동합니다.]

[4번 책갈피가 활성화됐습니다.]

['바람의 길 Lv.8'이 활성화됐습니다.]

순식간에 터져나온 바람이 내 앞에 길을 틔웠다. 풍압에 밀려나간 인외종들이 일제히 비명을 지르며 나동그라졌고, 나는 그 틈을 타 일행을 구출했다.

"모두 꽉 붙잡아요!"

기다렸다는 듯 이현성과 이지혜가 내 어깨에 매달렸고, 이길영은 신유승이 있는 코트 안주머니로 잽싸게 들어왔다.

"여기 내 자리야!"

"네가 다른 주머니로 가면 되잖아!"

아이들이 싸우는 사이 오른손으로 406번 할머니를, 왼손으로 바닥에서 나뒹구는 미치오 쇼지를 낚아챘다.

"기, 김 상! 저는 두고 가셔도―"

"조용히 하세요."

"넵."

숲 지대 길을 따라 달렸다. 여기서 일본인 전부를 상대할 필요는 없었다. 괜히 조무래기 하나라도 죽이면 내 계획은 실패로 돌아가니까.

[같은 재앙에 대한 적대 행위가 감지됐습니다.]

[당신에게 1차 시나리오 페널티가 주어집니다.]

[신체 부피가 미세하게 감소했습니다.]

[종합 능력치가 감소했습니다.]

약간의 적대 행위만으로 벌써 페널티가 시작되었다. 몸 부피가 미미하게 줄었고, 키도 5센티미터 정도 작아진 것 같았다. 다행히 내 표면적이 감소한 만큼 코트 크기도 함께 줄었다.

역시 SSS급 코트라서 사용자에 맞게 변화하는 모양이다.

어디까지 작아질지 궁금한데 이거.

"쫓아라!"

뒤돌아보니 허겁지겁 나를 따라오는 반요들이 보였다.

[타 대륙 성좌들이 한반도와 열도의 화신이 치고받고 싸우길 원합니다.]

[2,000코인을 후원받았습니다.]

빌어먹을, 남의 싸움이라 이거지. 딱 봐도 서로 부추겨서 싸움을 일으키려는 심산이었다. 나는 어깨에 대롱대롱 매달린 이지혜를 보며 물었다.

"넌 왜 벌써 당했냐?"

"……주변에 강도 바다도 없었다고."

하기야 이지혜는 후일에 '쌍룡검'을 얻기 전까지는 물이 없으면 전투력이 반이 되니까. 이현성은 소인을 지키겠다고 질질 끌다가 페널티를 받았을 테고, 이길영은…… 신유승과 한 창 떠드는 중이었다.

"벌레는 소중히 대해야 해. 함부로 막 죽이면 안 된다고."

"소인은 벌레가 아니잖아."

"작은 건 다 벌레야."

그래, 왜 그런 꼴이 되었는지 잘 알겠다. 나는 가끔 길영이가 커서 사이코패스가 될까 봐 두렵다.

"놈이 총수님이 계신 방향으로 간다!"

역시 이들의 보스가 '총수'였다.

원래 3회차에서 총수는 일본 그룹의 리더가 아니었다. 그런데 돌아가는 상황을 보니 본래의 왕인 이즈미는 어디로 가고, 총수가 주류 세력을 틀어쥔 모양이었다.

―죄송합니다, 독자 씨. 저희가 너무 빨리 페널티를 받아서…….

―아뇨, 잘하셨습니다 현성 씨. 한 명이라도 더 살리셨으면 됐습니다.

―혹시 이자들의 리더가 독자 씨가 찾으시는 '뱀'입니까?

―그럴 가능성이 높습니다.

유중혁의 초반 회차 중 총수가 뱀의 화신이었던 경우는 꽤 많았다. 큰 변수가 없는 이상, 이번 회차의 총수 또한 뱀의 화신이 되었을 것이다.

"형! 더 빨리요!"

페널티에 [귀진]의 디버프까지 겹쳐서인지 [바람의 길]을 가동 중인데도 인외종과 거리가 좁혀지고 있었다.

일단 소인화가 진행되면 재앙과의 격차는 메울 수 없을 정도로 커진다.

지금은 가볍게 상대할 수 있는 저들이 나중에는 우리가 전부 달려들어도 상대하기 힘든 재앙이 되는 것이다.

내 손 안에 다소곳이 앉아 있던 406번 할머니가 물었다.

"젊은이, 무겁지 않은가?"

"무거워요."

유독 할머니만 더 무겁다. 실제 질량이 줄어든 게 아니니까 그렇겠지.

이번 작전의 핵심은 406번 할머니다.

그녀가 있어야만 '뱀 사냥'을 성공적으로 끝낼 수 있다.

앞쪽 수풀 사이에서 한 사내가 나타난 것은 그때였다.

"숲이 아우성을 치는군. 무슨 난리들이냐?"

야쿠자를 연상시키는 외모에 금빛 수실이 박힌 완장을 찬 노신사가 말끔히 자른 나무 밑동에 걸터앉아 있었다. 입가에는 방금 잡아먹은 듯한 소인의 뼈다귀가 비죽 튀어나와 있다. 우리를 발견한 그가 입맛을 다시듯 되물었다.

"……한국인?"

전신에서 풍겨오는 강력한 요기. 나는 그가 누구인지 깨달았다. 물어볼 필요도 없이, 바로 내가 찾던 사람이었다.

총수.

총수는 옆구리에 새장을 끼고 있는데, 새장 안에는 그가 잡아먹은 소인들의 뼈가 가득했고, 여자 소인 한 명이 함께 갇혀 있었다. 내 손가락 사이로 쇼지가 고개를 빼꼼 내밀며 외쳤다.

"아스카 씨! 살아계셨군요!"

아무래도 새장 속 저 여자가 1차 투입자인 아스카 렌인 모양이었다.

원작에 따르면, 그녀는 일본에서 처음으로 재앙이 되길 거부한 인물이었다.

"쇼지? 어떻게 여기까지―"

마침 잘되었다 싶었다. 아스카 렌도 구하고 뱀도 사냥할 수 있다면 그거야말로 일석이조지. 총수의 배후에서 뱀처럼 일렁이는 긴 그림자를 보며 나는 [등장인물 일람]을 사용했다.

[전용 스킬, '등장인물 일람'을 발동합니다!]

다음 순간, 나는 눈을 의심했다.

〈인물 정보〉

이름: 야마모토 하지메

나이: 64세

배후성: 만년백각오공 萬年百脚蜈蚣

전용 특성: 비정한 책략가(영웅), 시체 탐식가(희귀)

전용 스킬: [백병전 Lv.7] [상급 무기 연마 Lv.4] [일본검도 Lv.8] [정신 집중 Lv.3] [군중 지휘 Lv.4]······.

성흔: [귀진 Lv.7] [기합 Lv.5]

종합 능력치: [체력 Lv.60(+10)] [근력 Lv.60(+10)] [민첩 Lv.60(+10)] [마력 Lv.60(+10)]

종합 평가: 일본의 거대 그룹 중 하나를 이끄는 보스, 야마모토 하지메입니다. 인간을 대상으로 강력한 디버프를 거는 '귀진'을 사용합니다. 요괴의 숙적이 되고 싶지 않다면 상대하지 않기를 추천합니다.

빌어먹을. 이 녀석은 뱀의 화신이 아니다.

어떻게 된 거지? 이번 회차에서 뭔가 잘못되었나?

"하찮은 인간의 몸으로 귀진을 견디다니 보통 놈이 아니로구나."

녀석의 뒤쪽에서 일렁이는 그림자가 더욱 짙어졌다. 그림자 사이사이로 보이는 수백 개의 다리. 나는 눈을 가늘게 뜨며 물었다.

"'뱀'은 어디에 있지? 넌 '지네'잖아."

내 말에 야마모토 하지메의 표정이 굳어졌다.

야마모토 하지메의 배후성은 '만년백각오공'.

이름만 들으면 뭔가 강해 보이지만 사실은 '만 년 묵은 지네'라는 뜻이었다. 물론 천팔백 년을 살고 성좌가 되는 거북이가 있듯, 만 년을 산 지네가 성좌가 되지 못한다는 법은 없다. 설화를 쌓고 또 쌓아 무수한 탈피를 거쳐 마침내 자신의 종을 초월하고 성좌위에 오른 영물. 그만한 영물이라면 [귀진] 같은 고급 성혼을 가지고 있어도 이상하지 않았다.

하지만 여전히 이해가 되지 않았다. 만년백각오공이 아무리 강하다 해도 백요의 왕 이즈미나 그의 배후성이 이런 녀석에게 당할 리가 없었다. 무엇보다 그에게는 절대왕좌도 있지 않은가.

……대체 이번 회차의 일본에 무슨 일이 벌어지는 거지?

['귀진'의 효과로 움직임이 크게 둔해집니다.]

['귀진'의 효과로 당신의 정신력이 약해집니다.]

정신 공격이야 [제4의 벽]이 있으니 괜찮다 하더라도, 움직임 제약은 확실히 골치 아팠다. 나는 애써 포박에 저항하며 말했다.

"겨우 너 정도가 리더가 될 수 있을 턱이 없어. 말해. 뱀은 어디 있지?"

"어떻게 뱀을 아는지는 모르겠지만……."

말없이 지팡이를 쥔 그의 전신에서 강력한 요기가 몰아치기 시작했다.

"지금 일본의 왕은 나다."

드드드드, 하는 소리와 함께 그의 배후에서 새카만 다리들이 뻗어나왔다.

[시나리오 효과로 재앙에게 할당된 개연성이 증가합니다!]

[성좌, '만년백각오공'이 본신의 힘을 일부 재현합니다!]

지네 수백 마리가 팔뚝을 타고 올라오는 듯 소름이 끼쳤다. 잠시 잊고 있었는지도 모른다. 토끼든 거북이든 지네든, 성좌가 된 존재의 진짜 힘이 얼마나 강력한지.

[경고합니다! 눈앞의 대상을 적대하지 마십시오!]

[연계된 메인 시나리오가 발동합니다!]

〈메인 시나리오 #6 - 작은 구원자〉

분류: 메인

난이도: S

클리어 조건: 소인종의 편에 서서, 행성 '피스 랜드'를 공격하는 '명망 높은 재앙'을 처치하시오.

제한 시간: 40일

보상: 300,000코인, ???

실패 시: 피스 랜드 멸망

* 현재까지 발견한 명망 높은 재앙(0/2)

-재앙의 왕, ??????

-찬탈을 꿈꾸는 재앙, ??????

……이것 봐라?

[당신은 두 번째 '재앙'과 조우했습니다!]

['찬탈을 꿈꾸는 재앙'이 자신의 정체를 드러냅니다.]

* 현재까지 발견한 명망 높은 재앙(1/2)

-재앙의 왕, ??????

-찬탈을 꿈꾸는 재앙, 야마모토 하지메(만년백각오공).

[해당 시나리오를 거부하고 싶다면 10분 안에 '소인종'을 사냥하십시오. 그러지 않으면 <스타 스트림>은 당신에게 재앙 활동 의사가

없다고 간주할 것입니다.]

나는 입술을 질끈 깨물었다. 뱀은 이쪽이 아니었다. 아무래도 아직 정체가 드러나지 않은 '재앙의 왕'이 '뱀의 화신'인 듯한데…… 나는 양손을 뻗으며 말했다.

"안 싸우면 안 될까? 내 목표는 네가 아니거든."

"그만 죽어라."

남은 시간은 십 분. 어쩔 수 없다. '뱀'을 잡을 시간이 없다면 '지네'라도 해치워야 한다.

[경고! 재앙 '야마모토 하지메'는 페널티의 영향을 받지 않습니다.]

정말이지, 말도 안 되게 불리한 싸움이었다.

['찬탈을 꿈꾸는 재앙'은 같은 '재앙'을 공격할 수 있습니다.]

내가 공격하면 소인화가 발생하지만, 녀석은 그런 것 따위 신경 쓰지 않고 나를 공격할 수 있다는 뜻. 굉음과 함께 일대의 흙이 폭발하며 튀어 올랐다. 수백 개의 다리가 나를 갈기갈기 찢기 위해 땅을 갈아엎으면서 다가왔다.

스치기만 해도 치명상을 입기에는 충분한 공격. 거기다 [귀진]의 영향으로 내 발놀림은 점점 느려졌다.

[성좌, '만년백각오공'이 자신의 화신과 동조율을 높입니다!]

동조율이 상당한 것으로 보아 '만년백각오공'도 이번 시나리오에서 크게 한탕 해서 설화를 쌓을 모양이었다. 영물에서 위인급 성좌 자리에 올랐으니, 이제 더 위를 노리고 있을지도 모른다.

[일부 성좌가 '만년백각오공'을 못마땅하게 생각합니다.]
[요괴 봉인을 업으로 삼은 한 성좌가 당신을 바라봅니다.]

하지만 그렇게 둘 수는 없지.

나는 야마모토를 향해 곧장 달려갔다. 그리고 '부러지지 않는 신념'을 집어넣은 후 '간평의'를 꺼냈다.

"덮쳐라!"

영리한 야마모토가 부하들을 고기 방패로 내놓았다. 내가 한 명만 죽여도 곧바로 소인이 될 것을 알기에 할 수 있는 행동이었다.

솔직히 말해, 죽이는 것 자체는 문제가 아니었다.

죽이고 나면 내가 받을 피해가 소인화만이 아니라는 점이 문제였다. 여기서 누군가 잘못 죽이면 불살의 왕 효과를 상실할 수도 있다.

물론 이번 시나리오에서 나는 불살의 왕을 포기할 것이다.

하지만 지금은 아니었다.

고작 총수 정도를 죽이는 데 여벌 목숨을 내줄 수는 없지.

그러니 여기서 싸울 사람은 내가 아니다.

['간평의'의 특수 옵션, '별의 메아리'를 발동합니다.]

['별의 메아리'를 통해 당신은 위인급 성좌의 도움을 청할 수 있습니다.]

[성좌는 당신의 요청을 거부할 수 있으며, 성좌가 요청에 응할 시 간평의의 사용 횟수는 감소합니다.]

지반을 돌리자 천반의 별자리들이 환하게 불타올랐다.

[별들의 흐름 속에 위인급 성좌들이 당신의 목소리를 듣습니다.]

나는 망설이지 않고 한 성좌를 호명했다.

"나는 '모순의 음양사'를 원한다!"

모순의 음양사. 세계 각국에 무수한 음양사가 존재하지만, 영물 요괴를 퇴치하기에 가장 알맞은 이는 바로 이자다. '뱀'을 잡을 때 부르려 했는데 아깝게 되었다.

"뭐야? 저놈 배후성이……!"

내 주변에서 요기의 흔적이 말끔히 사라지자, 당황한 반요들이 나를 향해 소리를 질렀다. 하지만 딱히 그 이상은 변화가 없자 다시 슬금슬금 다가오기 시작했다.

[성흔, '음양오행 Lv.1'이 '귀진'의 기운을 배제합니다.]

아직 녀석들은 모르고 있었다.

내 공격은 이미 시작되었다는 사실을.

"조심해라! 뭔가 온다!"

스거걱, 하며 종이를 오리는 듯한 소리가 울려 퍼졌다. 다음 순간, 근방 수십 미터 일대의 허공에서 일제히 나뭇잎이 떨어지기 시작했다.

"피해라! 나뭇잎이 아니야!"

오려진 나뭇잎은 술법으로 만든 병정이 되어 요괴에게 들러붙었다. 이 일대는 완전한 숲 지대. 그러므로 이 성흔의 재료는 거의 무한에 가깝다.

[성흔, '시키가미 Lv.1'가 술자와 요괴의 움직임을 봉쇄합니다.]

"시키가미? 음양사인가?"

[귀진]이 인간에게 치명적인 성흔이라면, [시키가미]는 요괴에게 치명적인 성흔이었다. 종이 인형 시키가미. 이 성흔을 사용하는 한 인근 인외종은 자리에 굳은 채 한 발짝도 움직일 수 없게 된다. 딱 하나 단점이 있다면, 술자인 나도 움직일 수 없다는 것.

"움직여! 움직이라고!"

당황하는 일본인들 한가운데 야마모토가 있었다. 주변 땅을 폐허로 만들던 지네 다리가 수백 마리 시키가미에 의해 봉쇄되어 있었다. 야마모토가 감탄한 듯 중얼거렸다.

"……세이메이? 놀랍군, 요괴의 피를 이은 성좌를 배후성으로 택했는가."

모순의 음양사, 아베노 세이메이.

그는 일본 최강의 요괴 봉인사다.

[성좌, '만년백각오공'이 '모순의 음양사'를 노려봅니다!]
[성좌, '만년백각오공'이 자신의 행사를 방해하지 말라고 경고합니다!]

성흔이 깃든 양손이 부들부들 떨렸다. 성흔을 통해 어마어마한 마력이 빠져나가는 게 느껴졌다. 이대로라면 상태 유지는 고작해야 일이 분 정도.

무슨 짓을 해도 시키가미의 주박을 풀 수 없음을 깨달은 야마모토가 나를 노려보았다.

"제법 수를 썼다만 움직일 수 없는 건 네놈도 마찬가지. 마력이 다 떨어지면 너는 죽을 거다."

나는 씩 웃었다.

"그건 두고 봐야 알겠지. 할머니, 지금입니다!"

내 말과 함께, 내 왼쪽 손등에 앉아 있던 죄수번호 406번 할머니가 움직였다. 마법처럼 할머니의 몸이 급격하게 커지기 시작했다.

"저, 저거 뭐야!"

사실 할머니는 소인화에 걸린 적이 없었다. 처음부터 '소인'인 채 들어왔기 때문이다. 어머니의 수하인 전우치가 걸어준 도술 덕분이었다.

　"당황하지 마라! 고작 할머니야!"

　아직 시키가미의 주박에 걸리지 않은 소수의 화신이 앞길을 막아섰다. 하지만 할머니는 그저 흘흘 웃으며 다가갈 뿐이었다.

　[등장인물 '이복순'이 스킬 '노인공경 Lv.7'을 발동합니다!]
　[등장인물 '이복순'보다 나이가 어린 모든 화신이 그녀에게 존경심을 느낍니다.]

　"젠장, 이거 뭐야!"

　지하철 좌석을 양보하듯 화신들이 주춤거리며 물러섰다.

　물론 자의가 아니었다.

　"흘흘, 고맙네 젊은이들. 그런데 양보는 필요 없다네."

　탁 트인 길을 무대 삼아 할머니가 발을 쿵쿵 찍었다. 외줄 위에서 균형이라도 잡듯 가볍게 치켜든 팔이 아름다운 곡선을 그렸다.

　[등장인물 '이복순'이 성흔 '내림굿 Lv.2'을 준비합니다!]

　바로 저 성흔이 내가 할머니를 데려온 이유였다.

[성좌, '무당왕'이 귀찮다는 표정으로 자신의 화신을 바라봅니다.]

그녀의 배후성은 '무당왕巫堂王'. 신라의 제2대 국왕이자 무당인 '남해 차차웅'이다.

"에잉, 그러지 말고 한 번만 도와주시게!"

남해 차차웅은 격이 높은 성좌지만 스스로 나서 싸우는 법은 없었다. 그 대신 놀라운 권능 하나를 화신에게 물려주었는데, 바로 [내림굿]이었다. 신내림을 통해 다른 성좌의 힘을 빌려 쓸 수 있는 사기급 성흔. 한마디로 지금 저 할머니는 살아 있는 '간평의'가 된 셈이었다.

"어디 보자, 어떤 이번에는 어떤 신령님을 모셔볼까."

할머니의 몸짓이 점점 더 빨라졌다. 몇 개의 별이 자신을 부르라는 듯 반짝이고 있었다. 그러나 어중간한 성좌의 신내림을 받아서는 상대가 아무리 무방비 상태라 해도 단시간에 승부를 짓기는 어려웠다.

심지어 저쪽은 시나리오 버프로 배후성과 동조율이 높은 상태. 그 사실을 아는 야마모토는 여유로운 표정이었다.

"멍청하군. 어떤 성좌의 힘을 빌려와도 소용없다. 설화급 성좌라도 데려온다면 모르겠지만—"

확실히 [내림굿]은 뛰어난 성흔이지만 위인급 이상의 성좌를 불러오지는 못한다.

"지네야, 이 할미가 옛날이야기 하나 해줄까?"

"무슨 헛수작을—"

"옛날 옛적, 한 고을이 있었다네. 한 처녀가 살았는데, 부엌에 들어온 두꺼비에게도 밥을 주는 착한 아가씨였지."

사뿐사뿐 걸어가는 할머니의 발걸음이 무거웠다. 한 걸음 한 걸음 디딜 때마다 바닥이 점점 더 깊이 파였다.

꾸드드드드득—

할머니의 덩치가 커지고 있었다. 가늘던 팔뚝이 굵어지며 전신 근육이 팽창하기 시작했다.

"그러던 어느 날, 가녀린 처녀를 마을 제물로 바치게 됐어. 그 고을은 특이하게도 지네에게 제사를 지내는 곳이었거든."

나는 그 옛날이야기가 무엇인지 알고 있었다. 한국의 유명한 동물보은담 중 하나인 〈지네장터〉 설화. 그리고 지금 할머니가 부른 성좌는 그 설화의 주인공이었다.

"잠깐! 막아라! 막아야 한다!"

뒤늦게 뭔가 잘못되었음을 알았는지 총수 야마모토가 외쳤다. 터질 듯 부풀어 오른 할머니의 우람한 근육에 이현성이 멍하니 입을 벌렸다. 그사이에도 할머니의 이야기는 계속되었다.

"불쌍한 처녀는 마침내 지네가 있는 곳에 도착했지."

마침내 코앞까지 도달한 할머니가 양손으로 야마모토의 머리통을 꽉 붙잡으며 빙긋 웃었다. 할머니의 얼굴이 점점 변했다. 야마모토의 표정에 경악이 스쳤다.

"이, 이 능력은…… 당신의 배후성은 설마……!"

유명한 설화를 가진 성좌는 강력하다. 특히 그 설화와 관련된 상황이라면 더욱이.

"그런데 웬걸, 처녀를 구해주러 온 동물이 그곳에 있었어. 바로 처녀가 먹이를 준 두꺼비였지."

죄수번호 406번 이복순.

[성좌, '오공원 두꺼비'가 즐겁다는 듯 볼을 부풀립니다.]

그녀에게 강신한 성좌는 〈지네장터〉 설화의 주인공인 '오공원 두꺼비'였다.

파츠츠츠츠츳!

「무대화.」

서로 관계된 성좌의 화신이 만나면 빚어지는 현상.

찰나였지만 주변 풍광이 일그러지며 음습한 동굴의 풍경이 그려졌다. 거대한 지네가 뿜는 붉은 불, 두꺼비가 뿜는 푸른 불이 서로 부딪치고 있었다. 불타는 오공원의 지네터.

"으, 으아아아……!"

이곳은 만년백각오공이 사망한 장소였다.

"아, 안 돼! 빌어먹을! 이 할멈을 죽여!"

겁에 질린 야마모토가 비명을 질렀다. 하지만 시키가미의 주박은 단단했고, 할머니의 양손은 야마모토를 놔주지 않았다. 할머니가 빙긋 웃었다.

"그래서 어떻게 됐냐면."

격이 같은 성좌끼리의 대결은 단시간에 끝나지 않는다. 하지만 이미 역사적 상성이 정해진 경우라면 다르다. 특히나 무대화가 발생한 곳에서 성좌들의 상성은 절대적이었다.

['무대화' 영향으로 '두꺼비의 파란 불'이 본래 힘을 되찾습니다.]
[성흔, '시키가미'의 효과로 '두꺼비의 파란 불'의 공격력이 300퍼센트 상승합니다!]

두꺼비처럼 부풀어 오른 할머니의 목울대에서 새파란 지옥 불이 쏟아졌다. 오공원의 두꺼비가 지네를 물리친 그날처럼, 폭풍처럼 토해진 불길이 야마모토의 머리통에 고스란히 작렬했다. 뼛조각마저 녹여버릴 지독한 고열. 야마모토가 찢어질 듯한 비명을 질렀다.

[성좌, '만년백각오공'이 다른 성좌에게 도움을 요청합니다!]
[성좌, '만년백각오공'이 절규하며 화신 '이복순'을 노려봅니다!]

비명조차 삼켜버리는 지옥 불에 야마모토에게서 뻗어나온 지네 다리가 모조리 녹아내렸다. 고통에 경련하는 야마모토의 육체. 그리고 얼마나 지났을까. 쏟아지는 불길이 서서히 사그라들고, 담배 연기를 뿜듯 몇 번인가 연기를 토한 할머니가 콜록거리며 말했다.

"이 이야기의 교훈은……."

할머니가 천천히 양손을 놓자, 새까맣게 타서 본래의 얼굴을 거의 알아볼 수 없게 된 야마모토의 머리가 천천히 아래로 기울었다. 그가 쥐고 있던 새장은 힘없이 바닥에 떨어졌다. 이크, 하는 소리와 함께 새장을 받아든 할머니가 새장에 붙은 불을 훅 불어 껐다.

"자나 깨나 불조심."

4

정말이지 터프한 설화였다.

[과도한 마력 사용으로 인해 성흔 '시키가미'가 해제됩니다!]

일순간 퍼지는 현기증을 견디며 할머니와 야마모토를 향해 다가갔다. 거의 숨이 끊어지기 직전의 야마모토가 나를 노려보고 있었다.

"이제 말할 수 있겠군. 말해. '뱀'은 어디에 있지?"

"너, 희는…… 모두…… 잡아먹힐 거다……."

저주하듯 뱉어낸 말을 마지막으로 야마모토의 숨소리가 사라졌다.

[명성을 가진 재앙이 사멸했습니다.]

[재앙, '야마모토 하지메(만년백각오공)'를 처치했습니다.]

[5,000코인을 획득했습니다.]

[주요 공헌자: 이복순, 김독자]

뱀을 잡지 못해 아쉽지만, 지네 사냥도 대단한 소득이었다.

[상당수의 성좌가 설화의 재현再現에 갈채를 보냅니다.]

[요괴를 싫어하는 일본 측 성좌들이 당신을 후원합니다.]

[성좌, '대머리 의병장'이 자기도 어릴 적에 할머니한테 들은 적이 있다며 좋아합니다.]

[성좌, '긴고아의 죄수'가 이야기의 교훈이 좀 이상한 것 같다며 태클을 겁니다.]

[10,000코인을 후원받았습니다.]

역시 아직 옛날이야기를 좋아하는 성좌가 제법 있다니까.

당황한 일본인들이 야마모토를 향해 달려왔다.

"초, 총수님!"

나는 서서히 무너지는 할머니를 재빠르게 안아 들었다. 이복순의 몸이 빠르게 줄어들고 있었다.

[등장인물 '이복순'이 '재앙'의 권리를 완전히 포기했습니다.]

[도깨비들이 '이복순'의 행위를 시나리오 대적 행위로 간주했습니다.]

[소인화가 시작됩니다.]

이복순은 부쩍 지친 얼굴이었다. 아무래도 [내림굿]을 사용한 후유증인 듯했다. 더욱이 '무대'를 초환하여 특정인을 즉살할 정도로 강력한 힘을 사용했기에 본인 또한 심각한 타격을 받았을 것이다.

"젊은이, 나 좀 업어주어."

"일단 이것 좀 걸치세요."

아까 소인종을 구해주고 답례로 받은 옷이 몇 벌 있었다. 나는 할머니를 코트 왼쪽 주머니에 넣은 후, 이지혜를 시켜 그 옷을 챙겨 입는 걸 돕게 했다.

['바람의 길 Lv.8'을 활성화합니다.]

책갈피의 남은 시간은 십 분. 그 안에 숲 지대를 빠져나가야 한다.

"총수님이 죽었다!"

"저놈들 막아!"

반요들이 분노에 찬 목소리를 내질렀다.

[2차 시나리오 페널티를 받았습니다.]
[당신은 '재앙'에 대항하는 길을 선택했습니다. 하지만 아직은 번복의 기회가 남아 있습니다.]

[5분 안에 '소인종'을 사냥하십시오. 그러지 않으면 당신은 '소인화' 페널티를 받게 됩니다.]

젠장. 시간이 너무 촉박했다.

"날 데려가줘요!"

야마모토가 죽으며 떨어뜨린 새장 안에서 누군가가 외치고 있었다. 아스카 렌. 망설임은 없었다. 처음부터 데려갈 생각이었으니까. 나는 재빠르게 새장을 박살 낸 후 그녀를 손에 올렸다.

"고마워요! 진짜……!"

나는 인사는 생략하고 양다리 근육을 팽팽하게 긴장시켰다.

"꽉 잡아요."

전력을 다한 마력 운용. 바람이 갈라지며 '가장 빠른 길'이 보였다. 양다리에 휘감긴 바람의 기운이 근육의 세밀한 움직임까지 포착하며 최적의 발걸음을 만들어냈다.

[귀진]이 사라져 아까보다는 달리기 편했지만, 페널티 효과로 능력치가 절반으로 깎여서 만족스러운 속도는 나지 않았다.

그래도 30레벨 남짓의 민첩으로 이런 속도를 낼 수 있다니 [바람의 길]은 훌륭한 스킬이다.

아스카 렌이 말했다.

"대단한 기술이군요. 일본에서도 이 정도 속도는 카라스나 낼 수 있을 텐데."

카라스라면 '카라스 텐구'를 말하는 거겠지.

"전력을 내면 그쪽이 더 빠를 겁니다."

"카라스를 알고 있나요?"

"빠르기로는 일본에서 손꼽히는 요괴잖습니까."

[바람의 길]을 극성까지 익히면 카라스 텐구보다도 빠르겠지만 아직은 아니다. 게다가 [바람의 길]은 내 스킬이라고 말할 수도 없다. [책갈피]는 엄연히 시간제한이 있으니까.

"죽여버려! 어차피 곧 작아진다!"

"작아진 놈들은 우리가 책임질 테니까 그냥 죽여!"

이제 반요들도 망설이지 않고 살수를 발했다.

"총수님의 복수다!"

표창 두어 개가 아슬아슬하게 어깨를 스쳐 갔다. 이대로는 위험하다 싶었는데, 갑자기 눈앞 지형이 바뀌기 시작했다. 주변 나무들이 일제히 꿈틀대며, 달리던 숲길을 변형시켰다.

쿠드드드드.

숲 지대의 모양이 변하고 있었다.

마법인가 싶었는데 아스카 렌이 말했다.

"밤이에요. 조심하세요!"

뒤늦게 멸살법 속 언급이 떠올랐다. 피스 랜드의 숲 지대는 밤이 되면 모습이 변한다. 일종의 미로화가 발생하는데 말하자면 숲 자체가 거대한 괴물의 위장처럼 변하는 것이다.

발 딛는 곳마다 끈적한 소화액이 분출되었다.

피스 랜드의 소인이 이 숲에 들어오지 않는 이유는 한밤에 숲 지대로 들어간 소인 중 살아 돌아온 이가 없기 때문이었다.

"쫓아라!"

"우아아악!"

숲의 위장 운동이 시작되자 나를 쫓아오던 몇몇 인외종도 길을 잃은 듯했다. 물론 저렇게 커다란 '재앙'들은 숲이 소화하지 못하겠지만, 그래도 시간 벌이로는 충분했다.

[1분 안에 '소인종'을 사냥하십시오.]

최선을 다해 달렸지만 미로처럼 변한 숲 지대에 방향 감각이 조금씩 마비됐다. 멸살법에도 밤의 숲에서 탈출할 구체적인 방법은 기록되어 있지 않았다. 그 대신⋯⋯.

"이쪽이에요!"

멸살법에는 이렇게 쓰여 있다.

「'피스 랜드'에서 가장 먼저 얻어야 할 사람은 '아스카 렌'이다.」

나는 아스카 렌의 지시에 따라 방향을 틀었다.

"저 나무를 기준으로, 오른쪽으로 달려요!"

"처자, 길을 아는 건가?"

일본어가 능통한 이복순이 묻자 아스카 렌이 머뭇거리며 대답했다.

"이 숲에 대해서는 잘 알아요."

"흘흘, 관련 스킬이 있는 모양이지?"

"……네."

나는 아스카 렌의 말이 거짓임을 알고 있었다. 그녀가 이 숲에서 길을 찾을 수 있는 것은 길 찾기 스킬 때문이 아니니까.

아마도 피스 랜드에 관한 한 그녀는 내가 멸살법을 아는 것만큼이나 전문가이리라.

일본인들도 그런 이유로 소인화된 그녀를 살려뒀을 테지.

나는 아스카 렌의 인도를 받아 [바람의 길]을 최고조로 운용했다.

달음박질은 점점 빨라졌지만 시간이 그보다 더 빠르게 나를 쫓아왔다.

[30초 안에 '소인종'을 사냥하십시오.]

조금만, 조금만 더.

"잡아! 놈을 반드시 잡아야 한다!"

몇 번인가 길이 뒤틀리는 사이 쫓아오는 인외종은 부쩍 줄었다.

"다 왔어요!"

그리고 마침내 숲 지대가 끝났다.

[당신은 제한 시간 내에 '소인종'을 사냥하지 못했습니다.]
[<스타 스트림>의 도깨비들이 당신에게 '재앙' 활동 의사가 전혀 없다고 간주합니다.]

[당신에게 3차 시나리오 페널티가 내려집니다.]

[소인화가 시작됩니다.]

젠장.

"모두 나한테서 떨어져요!"

외치자마자 일행들이 뛰어내렸다. 누군가가 착즙기에 나를 넣고 짜는 듯한 느낌이 들었다.

다시 눈을 깜빡였을 때, 시야는 거의 땅에 들러붙어 있었다.

이게 소인들 기분이군그래.

다행히 코트는 내 몸 크기에 알맞게 함께 줄어들었다.

'부러지지 않는 신념'을 비롯해서 코트의 아공간 속에 아이템을 모두 넣어둔 덕에 잃어버린 아이템도 없었다.

"아저씨, 괜찮아요?"

나는 일행을 향해 고개를 끄덕여 보인 후, 살짝 떨어진 데서 눈치를 보는 아스카 렌에게 말했다.

"아스카 렌 씨."

"제가 자기소개를 했던가요?"

"미치오 씨가 알려줬습니다. 그보다 제 일행들을 부탁합니다. 이 사람들을 '베로니카 왕성'까지 데려다주세요."

아스카 렌의 눈동자가 커졌다. 내가 피스 랜드의 지명을 알고 있으니 놀랐겠지.

"설명할 시간 없으니 일단 부탁합니다. 이곳은 제가 막겠습니다."

"알았어요."

헉헉거리는 숨소리와 함께 숲길 사이로 인외종들이 모습을 드러냈다. 높이가 달라지니 갑자기 놈들이 괴물처럼 보였다.

끝까지 쫓아온 적은 총 셋.

적이 하나면 일행과 합세해 어떻게든 잡아볼 생각이었고, 둘이면 고민을 좀 했을 것이다. 그런데 셋이라……

소인화가 진행된 우리가 전력을 다해 달려들어도 이길 수 있을지 확신이 없었다. 이현성이 말했다.

"혼자 두고는 못 갑니다."

"가야 합니다. 그래야 모두 살아요. 저 혼자라면 몸을 뺄 방법이 있습니다."

미로가 된 숲을 헤쳐 오느라 만신창이가 된 인외종들이 바닥에 침을 뱉더니 이쪽을 보며 잔인한 미소를 머금었다.

"작아졌군. 벌레처럼 짓밟아주마."

나는 다가오는 놈들을 보며 외쳤다.

"길영아!"

기다렸다는 듯이 이길영이 고개를 끄덕였다. 작은 곤충들이 이쪽을 향해 날아오고 있었다.

"모두 나중에 봅시다."

곤충들이 일행들을 등에 태우기 시작했다. 곤충의 속도라면 내가 시간을 끄는 동안 여기서 어느 정도 멀어질 수 있을 것이다.

"잠깐만요! 아저씨!"

쾌과곽! 칼날이 바로 내 옆을 스치며 바닥에 꽂혔다. 윙윙거리며 터져나온 마력의 파장에 나는 반사적으로 몸을 굴렸다. 인간일 때는 별거 아닌 놈들이었는데, 지금은 칼끝에 닿기만 해도 위험했다. 간단히 둘로 쪼개질 것이다.

"죽어!"

지금부터는 나도 구체적인 대책이 없었다. 어떻게든 시간을 끌다가 다시 숲의 미로 속으로 달아나거나, 아니면…….

"이놈은 내가 죽인다. 나머지를 쫓아!"

셋 중 두 녀석이 고개를 끄덕이고는 곤충에 탄 일행을 뒤쫓기 시작했다.

그렇게는 안 되지.

[성흔, '시키가미 Lv.1'를 사용했습니다!]

달려가던 녀석들이 우뚝 멈춰 섰다.

"젠장, 또……!"

발이 묶인 적들이 짜증 난다는 듯 내 쪽을 돌아보았다.

이미 마력이 바닥난 상태라서 겨우 세 명을 봉쇄하는 데도 상당한 힘이 소모되었다. 머리가 깨질 듯 아파왔고, 피가 쏠린 코안에서 희미한 열기가 흘러나왔다.

[성좌, '모순의 음양사'가 당신에게 가호를 내립니다.]

메시지와 함께, 잠깐이지만 성흔의 사용 마력이 줄어들며 몸이 편해졌다.

[동료를 챙기는 그대의 마음이 실로 갸륵하도다.]

머릿속에서 성좌의 희미한 진언이 들려왔다. [제4의 벽] 덕분인지 듣는 것이 그렇게 거북하지는 않았다.

"뭘요. 근데 이왕 도와주신 거 계속 도와주시면 좋겠는데."

[그대에게 부탁할 것이 있다.]

불길한 느낌이 들었다. 성좌들은 늘 이런 식이다. 도움에 항상 대가가 따른다.

[일본의 화신을 위해…… 뱀을 죽여다오.]

다행히 이번에는 나쁘지 않은 거래였다. 어차피 내가 해야 하는 일이니까. 하지만 나는 이렇게 말해보았다.

"영 수지가 안 맞는 거래인데요. 마력이라도 조금 더 회복시켜주신다면 모를까."

[성좌, '모순의 음양사'가 자신의 기묘한 술법으로 당신의 마력을 쥐꼬리만큼 회복시켰습니다.]

……치사하다고 생각할 법한 일이지만 이 정도도 '모순의 음양사'에게는 큰 출혈이었을 것이다. 나와 아무런 연고도 없는 위인급 성좌가 초반 시나리오에 이만큼 간섭하기는 쉬운 일이 아니니까. 간신히 한숨 돌릴 수 있게 된 내가 물었다.

"그나저나 이해가 안 가는군요. 이즈미 같은 훌륭한 왕이 있는데 일본이 이렇게까지 되다니."

[이즈미 히로키. 뛰어난 화신이었지.]

들러붙은 시키가미를 향해 괴성을 지르는 재앙들이 보였다. 말이 안 되는 상황이었다. 절대왕좌의 주인이 건재했다면 저런 반요들이 날뛰는 일 자체가 불가능할 테니까.

"어째서 뱀이 재앙의 왕이 되어 날뛰게 내버려둔 겁니까? 이즈미의 배후성은 '뱀을 베는 자'일 텐데요."

본래 내 '뱀 사냥' 계획은 이즈미의 도움을 받아 완성될 예정이었다. 그런데 이즈미는 행방불명되었고, 이복순 할머니는 힘을 다 써버렸으며, 간평의의 횟수조차 소진되어버렸다.

[그대가 무슨 소리를 하는지 모르겠군. 이즈미의 배후성은 그가 아니다.]

"예?"

[이즈미의 배후성은―]

허공에 스파크가 튀며 목소리가 사라졌다. 아무래도 이 이상의 정보는 개연성을 거스르기 힘든 모양이었다.

[간평의'의 사용 시간이 30초 남았습니다.]

나는 반 넘게 사라진 시키가미 병정을 보며 마른침을 삼켰다. 시키가미가 소멸하는 순간, 전력을 다해 숲 지대로 달려가야 한다. 강력한 마력을 휘감은 칼날들이 나를 두 쪽으로 쪼개기 위해 벼르고 있었다.

젠장, 잘못하면 여기서 죽을 수도 있겠는데.

10초, 9초, 8초…….

달아날 수 있을까? 머릿속으로 몇 번이나 시뮬레이션을 돌렸지만, 어떻게 도망쳐도 붙잡히는 경로뿐이었다. 그냥 일행들과 같이 싸울 걸 그랬나? 5초…… 4초…… 어느덧 종료 시간이 다가오고 있었다.

[성좌, '디펜스 마스터'가 당신의 한심함에 개탄합니다.]

……응?

익숙한 이름에 고개를 갸웃하던 순간. 기이이잉— 하고 기계음이 일제히 울려 퍼지더니, 이내 폭발적인 총성이 쏟아지기 시작했다.

[등장인물 '공필두'가 성흔 '무장요새 Lv.1'를 발동합니다!]

두두두두두!

쏟아지는 포화를 보며 조금 놀랐다.

[무장지대]가 아니라 [무장요새].

그새 공필두의 성흔이 10레벨을 돌파하여 상위 단계로 진입한 것이다.

[당신은 '사유지'를 침범했습니다!]

이것 참. 이 메시지가 이렇게 반가운 순간이 있을 줄이야.

"으아악! 아파! 이거 뭐야!"

족히 백여 문은 될 듯한 포탑이 동시에 탄환을 발사하자, 인외종들이 고통스러워 비명을 질러댔다.

한 발 한 발은 큰 타격이 아니더라도, 백여 문의 포탑이 수천 발의 탄환을 쏟아부으니 아무리 재앙이라도 타격이 없을 수 없었다.

심지어 움직임이 묶인 상황이기에 피해는 더욱 컸다.

두두두두두!

탄환에 맞은 재앙들 몸 곳곳에서 핏줄기가 흘러나오고 있었다.

"눈! 내 눈!"

"뭐야! 뭐냐고!"

사각도 없이 날아오는 포탄이 화망을 형성했고, 급소를 맞은 인외종은 비명을 지르며 주저앉았다.

"전군 진격하라!"

숲 지대 입구에 숨어 있었는지 소인의 군대도 가세했다. 본래였다면 별 도움 안 되는 전력이겠지만, 인외종 몸 곳곳에 생채기가 있어서 상황은 조금 달라졌다. 탄환이 만든 그 생채기 사이로 작은 칼날이 파고들자 재앙들이 연달아 비명을 질렀다. 그리고 들려오는 중후한 목소리.

"사유지 침범하지 말고 꺼져. 여긴 내 땅이야."

과연 무장성주. 이계에 와서도 사유지를 깔다니, 십악이 괜히 십악은 아니지. 당황한 인외종이 부상자를 부축하며 외쳤다.

"무, 물러서! 일단 후퇴한다!"

대단한 일이었다. 포탑 크기로 보아 공필두 역시 소인화가 진행된 모양인데, 그 상태로도 재앙 셋을 물러서게 만들 만큼 강해졌을 줄이야.

땅에서 솟아오른 작은 이동 요새.

아직 제대로 된 무장요새라고 말하기에는 어설프지만, 저 정도면 무장성주라는 이름이 아깝지 않다.

"와아아아아!"

"이겼다! 우리가 재앙을 물리쳤다!"

기뻐하는 소인들이 성채 주변으로 몰려와 승리의 함성을 내질렀다. 성채 꼭대기에는 두 인영이 서 있었다. 하나는 공필두. 그리고 다른 하나는…….

"여기가 왜 당신 땅이야? 사유재산이 인정되는 곳도 아닌데."

"어린 녀석이 반말이나 찍찍 하고……."

"흐음, 이 여신님께 좀 더 예의를 갖추는 게 좋을 텐데?"

……저 목소리는? 소인들이 다시 한번 함성을 질렀다.

"여신님, 만세! 만세!"

여신님?

나를 발견한 여자가 성채 꼭대기에서 아래로 뛰어내렸다. 짧은 드레스가 나풀나풀 바람에 흩날리더니 가벼운 착지음이

들렸다.

특유의 오만한 눈빛에 오연한 얼굴. 정말이지 변한 게 없다. 모세라도 되는 양, 그녀의 걸음마다 소인들이 길을 열며 파도처럼 갈라졌다. 나는 피식 웃으며 입을 열었다.

"아주 출세하셨는데?"

코앞까지 다가온 한수영이 손가락으로 내 턱을 척 들어 올리며 말했다.

"오랜만이야, 김독자. 못생긴 건 여전하네."

다시 만난 한수영은 피스 랜드의 여신이 되어 있었다.

✖ ✖ ✖

왕성으로 가는 내내 한수영에게서 그간 있었던 일을 전해 들었다.

"차도를 걷다가 갑자기 튀어나온 생존자 버스에 치였어."

"그리고?"

"눈을 떠보니 여기였지."

"그게 말이 되냐? 그럼 공필두는?"

"한강에 빠졌는데 눈 떠보니 여기였다더라."

"……무슨 판타지 소설이냐?"

"지금 우리가 어디 있는지 잊은 모양이네?"

대강 그런 느낌의 대화였다. 어이없다는 듯 대꾸하긴 했지만, 멸살법의 세계에서는 있을 법한 일이었다. 실제로 이곳의 귀환자 중에는 한강에 투신하거나 버스에 치여서 다른 세계로 간 녀석이 꽤 있었으니까.

하지만 시나리오 도중에 그런 일을 겪다니…….

도깨비 놈들, 대체 일 처리를 어떻게 하는 건지.

"근데 여신은 또 뭐야? 네가 그렇게 부르라고 시켰냐?"

한수영이 치맛자락을 털며 투덜거렸다.

"거참, 기껏 구해줬더니 말 많네."

"뭔데? 말을 해."

"너 그새 내가 누군지 잊어버렸어?"

"어?"

"머리가 작아졌다고 뇌 용적량까지 줄어들었냐고."

생각해보니 멍청한 질문이었다고 인정하지 않을 수 없었다.

한수영은 서울 돔에 남은 유일한 '선지자'였다. 게다가 지구의 하루는 피스 랜드에서의 사흘. 우리가 헤어진 지 일주일 남짓 지났으니 한수영은 피스 랜드에서 벌써 삼 주나 보낸 셈이었다.

인간들 사이에서도 일주일 만에 '선지자들의 왕'이 된 한수영이다. 그런 녀석이 피스 랜드에 삼 주나 있었으니 '여신'이 되었다 해도 이상한 일은 아니었다. 하지만 그래도 그렇지, 여신이라니…….

"둘이서 쿵짝이 아주 잘 맞는군."

목소리에 곁을 돌아보니 공필두가 못마땅한 표정을 짓고 있었다.

나는 잠시 망설이다가 입을 열었다.

안 하려고 했는데, 그래도 할 말은 해야겠지.

"공필두."

"왜."

"잘 못 챙겨줘서 미안해."

"뭔 개소리냐? 누가 들으면 내가 챙겨달라고 애원이라도 한 줄 알겠군."

"진짜로 미안해서 하는 소리야. 그리고 구해줘서…… 고마워요."

정말로 미안했기 때문에 이번에는 존댓말을 했다. 솔직히 다섯 번째 시나리오가 진행되는 내내 너무 바빠서 공필두를 거의 신경 쓰지 못했다. 심지어 이번에는 구명받기까지 했으니 '디펜스 마스터'에게 후원자가 되어주겠답시고 호언한 일이 부끄러워질 지경이었다.

[성좌, '디펜스 마스터'가 당신의 사과에 콧방귀를 뀝니다.]

"……흥."

쿵짝이 잘 맞는 게 어느 쪽인지 모르겠군.

[당신은 '디펜스 마스터'에게 5,000코인을 후원했습니다.]
[성좌, '디펜스 마스터'가 마지못해 고개를 까딱입니다.]

잠시 나를 노려보던 공필두가 고개를 홱 돌리며 짓씹듯 말했다.

"그럼 다음부턴 잘하든가."

자존심만큼 배가 솟은 아저씨가 이런 소리를 하고 있으니 그 또한 진풍경이기는 했다. 아무튼 소인이 되긴 했어도 둘 다 살아 있어서 다행이다.

어? 잠깐만. 소인이 되긴 했어도……?

나는 두 사람을 잠시 멍하니 바라보았다.

그러고 보니 이 둘은 대체 왜 재앙을 그만두고 소인을 선택한 거지?

그럴 위인들이 아니신데?

"김 도게자 씨! 역시 살아 계셨군요!"

돌아보니 베로니카로 달아난 줄 알았던 일행들이 거기 있었다. 곤충을 타고 왕성 베로니카로 달아나던 일행과 미치오 쇼지는 마침 지나가던 공필두 무리를 조우한 모양이다. 뒤쪽에 서 있던 이현성이 먼저 앞으로 나와 고개를 숙였다.

"구해주셔서 감사합니다. 필두 씨와 수영 씨가 아니었으면 저희는 꼼짝없이 죽었을 겁니다."

"뭘요. 할 일을 했을 뿐이죠."

가볍게 웃으며 이현성의 어깨를 탁탁 두들기는 한수영을 보니, 악마가 가면을 쓰면 어떤 모습인지 잘 알겠다. 그런 한수영을 유심히 보던 이지혜가 말을 걸었다.

"저기, 강한 언니."

"네?"

"언니는 어느 그룹 소속이셨어요? 거의 '왕'에 육박하는 전투력인데 처음 뵈어서……."

그러고 보니 일행들은 아바타가 아닌 한수영의 본모습을 처음 보는 상황이었다. 즉 이 녀석이 첫 번째 사도라는 걸 전혀 모르고 있었다. 힐끔 이쪽을 보는 한수영을 대신해 내가 입을 열었다.

"아, 얘는 말이지……."

이 녀석이 첫 번째 사도라는 사실을 알게 되면 이지혜는 가만히 있지 않을 것이다. 충무로역에서 벌어진 사도전戰에서 가장 크게 부상당한 사람이니까.

정체가 밝혀진다면 파티가 뒤집어지는 것은 물론, 이 자리에서 혈투가 벌어질지도 모른다.

결국 나는 눈을 질끈 감고 양심을 배반하기로 했다.

"내 친구인데, 성격이 좀 비뚤어져서 혼자 다니기 좋아하는 애야."

"아저씨 친구라고요?"

"응, 시나리오 시작 전부터 알던 녀석이야."

친구라는 말을 이럴 때 써도 되는 건지는 모르겠다. 뭐 상관없겠지. 어차피 난 친구도 없으니까.

고개 숙인 한수영의 얼굴은 보이지 않았다.

"저, 말씀하시는데 죄송하지만…… 뭐 하나만 여쭤봐도 될까요?"

어색해지던 분위기를 깨뜨린 것은 내가 새장에서 구해준 일본인, 아스카 렌이었다. 이지혜가 속삭였다.

"혹시 저 예쁜 언니도 아저씨 친구야? 능력 좋네?"

"친구는 아니고, 일본 측 화신인데 포로로 갇혀 있기에 구해 줬어."

"뭐 하러? 적이잖아."

"이 싸움은 일본 대 한국이 아니야. 소인 대 재앙이지."

이지혜가 못마땅하다는 듯 입술을 비죽였지만 그래도 납득한 눈치였다.

한수영이 귓속말을 해왔다.

"쟤 뭔데? 멸살법에 저런 애도 있었나?"

"넌 몰라?"

"난 성격이 비뚤어져서 재미없는 소설은 끝까지 안 보거든."

……이 녀석, 그래도 100화까지 봤으면 3회차나 4회차 같은 초반 회차는 줄줄이 꿰고 있을 텐데. 아, 그때까진 아스카 렌이 활약을 안 했던가? 초조한 눈길로 나와 한수영을 번갈아 보던 아스카 렌이 재차 입을 열었다.

"저기, 그러니까 질문이……."

"아, 말씀하세요."

"어떻게 벌써 피스 랜드의 북부를 손에 넣으신 거죠?"

그렇군. 내가 아는 아스카 렌이라면 그게 궁금할 법도 하지.

"저 사람 뭐라고 하는 거야?"

"네가 어떻게 여신이 됐느냐고 묻는데."

"아아, 그거?"

다른 이들도 뒤늦게 질문을 깨닫고 한수영에게 호기심 어린 눈빛을 보냈다.

대체 무슨 일이 있었는지 궁금한 건 나 역시 마찬가지였다.

아무리 빨리 성장했다 해도 삼 주 동안 단순히 강해지는 것과 한 왕국의 여신이 되는 것은 완전히 다른 이야기니까.

"아까 말했잖아. 우리가 처음 떨어진 곳이 북쪽이었다고. 나랑 저 아저씨는 베로니카 왕성이 습격당하는 도중에 왕성 한복판에 떨어졌어."

"왕성이 습격당했다고?"

"어. 일본 쪽 1차 투입자 몇 명이 베로니카를 공격하고 있더라고."

"그래서?"

"그래서는 뭘 그래서야. 적당히 죽은 애들 아이템이나 챙기고 내빼려고 했는데, 그쪽 애들이 우리보고 뭐라고 하더라고. 그래서……."

"죽였어?"

한수영이 딴청을 피우며 휘파람을 불었다.

이제야 사태가 어떻게 돌아가는지 알 것 같았다.

재앙으로 인해 멸망해가는 베로니카 왕국.

그 와중에 왕궁의 중심부로 떨어진 두 사람이 갑자기 재앙들을 죽여버렸다. 아마 소인들에게는 한수영과 공필두가 신처럼 보였으리라.

"뭐…… 소인이 될 줄 알았으면 안 죽였겠지만."

"시나리오도 안 읽어봤냐?"

"길 걷다가 갑자기 차원문으로 이송됐다고. 그 와중에 여기가 여섯 번째 시나리오 지역인지 뭔지 알 게 뭐야?"

그래서 인외종이 우리를 보자마자 죽자고 달려들었군.

"야, 너 때문에 우리가 얼마나……."

"다 왔네. 저기야."

평원 너머로 버려진 세계의 왕성이 보이기 시작했다.

부서진 왕궁. 폐허가 된 성벽 곳곳에 재앙이 지나간 흔적이 남아 있었다. 짓밟힌 왕도 위에서 백성들이 우리를 향해 환호하고 있었다.

"여신님!"

"여신님이 돌아오셨다!"

재해 앞에 수척해진 군중이, 꾀죄죄한 얼굴로 우리를 마중 나오고 있다. 소인들이 짊어진 절망의 무게가 느껴졌다. 재앙으로 인해 살 터전을 잃고, 한낱 시나리오 소재가 되어버린 이들.

쓸쓸한 미소를 지은 한수영이 입을 열었다.

"……벌써 다 왔네. 빌어먹을 피스 랜드에."

나는 다가오는 소인들을 바라보았다. 이 세계의 백성은 옛 지구인과 닮았다. 소드마스터도, 9서클 대마법사도 없는 것은 물론이거니와, 심지어는 '시스템' 사용조차 제한된 세계.

아무리 노력해도 이계인에게 침탈당할 수밖에 없는, 나약한 '정통 판타지'의 백성.

나는 이 세계가 누구의 '작품'인지 알고 있었다.

"아스카 렌."

내 말에 적발의 미인이 움찔하며 나를 돌아보았다.

이번 시나리오의 열쇠는 바로 그녀였다. 피스 랜드에 관한한, 아스카 렌은 멸살법을 읽은 나보다 더 잘 알고 있다.

"한국 그룹에 합류하세요. 우리는 당신 도움이 필요합니다."

Episode

신과
마주 보는 자들

1

왕성 베로니카에 도착한 후 우리는 하루를 내리 쉬었다.

다음 날 아침이 되자마자 나는 제일 먼저 일어나 일행들에게 계획을 통보한 후 왕성 입구에 섰다. 이현성이 물었다.

"설마 혼자서 출발하실 생각입니까?"

"혼자는 아니고, 저 두 사람과 같이 갈 겁니다."

한수영과 아스카 렌을 가리키자 이지혜가 툴툴거렸다.

"아저씨가 그렇게 가버리면 우린 어쩌라고?"

"현성 씨랑 너는 베로니카 수성守城을 맡아. 시나리오 갱신된 건 확인했지?"

"시나리오 기간이 끝날 때까지 '왕성 베로니카'를 지켜라?"

"그래. 그게 네 임무야."

"하지만……."

"하라면 해."

"……알았어."

나는 곧장 이현성을 돌아보았다.

"공필두가 있긴 하지만, [무장요새]만으로는 몰려오는 재앙을 막아내기 힘들 겁니다. 그냥 떠맡기고 가는 거 같아 죄송합니다만……."

"경계 임무는 제 특기니까 걱정하지 마십시오."

든든한 호언에 안심이 되지만, 쉽지만은 않을 것임을 알고 있었다. 얼핏 쉬운 임무처럼 보여도 이번 시나리오는 성에 남는 쪽이 훨씬 힘들 것이기 때문이다.

"만약 1차 투입자나 '뱀'이 나타나면 절대 정면 대결은 하지 마세요. 베로니카를 버리더라도 달아나야 합니다. 약속하실 수 있습니까?"

"약속합니다."

이들의 임무는 내가 돌아올 때까지 성채를 지키는 것. 나는 이길영과 신유승에게도 신신당부했다.

"최대한 곤충과 괴수를 많이 확보해. 너희 임무는 시간을 끄는 거야."

이길영과 신유승이 고개를 끄덕였다.

"북쪽 숲에 피스 랜드 특유의 괴수종이 많아. 시간 날 때마다 가서 길들여놓도록 해."

"네, 형."

"알았어요, 아저씨."

다량의 괴수는 재앙과의 전력 격차를 메우는 데 약간이나마 도움이 될 것이다. 그 과정에서 아이들의 숙련도도 상당히 증가하겠지.

나는 곧장 왕성 베로니카를 떠났다. 배웅하는 일행을 보던 한수영이 말했다.

"그래서 어디로 갈 건데?"

"동쪽 기암괴석 지대."

그 말에 아스카 렌이 끼어들었다.

"그쪽은 이미 일본에서 점령했어요."

"알고 있습니다."

나는 아스카 렌을 똑바로 바라보았다.

은은한 컬이 들어간 단발. 어느 만화가가 공들여 그린 것처럼 선이 굵고 또렷한 인상. 단순히 미인이라기보다는 어떤 무사의 절개節概 같은 것이 느껴지는 얼굴이다.

"그래서 당신을 데려온 겁니다."

"저를 믿으세요?"

"안 믿습니다. 그냥 목숨 구해준 값을 받고 싶을 뿐이죠."

"……그렇군요."

차라리 이렇게 말하는 편이 호의를 사기 쉬울 것이다. 실제로 아스카 렌은 뭔가 고민하는 표정이었다. 아마 저 고민이 끝났을 때 본격적으로 내게 정보를 털어놓겠지.

우리는 평원 인근을 샅샅이 살피며 기암괴석 지대로 이동했다.

예상 소요 일수는 이틀이지만 빠듯하게 이동하면 하루 안에도 도착할 수 있는 거리였다. 한수영이 물었다.

"근데 계획이 뭐야?"

나는 어깨를 으쓱하며 허공을 올려다보았다. 아마 내가 시나리오를 받았듯, 한수영 또한 시나리오를 받았을 것이다. 그러니 내가 무엇을 보는지도 알겠지.

* 현재까지 발견한 명망 높은 재앙(1/2)

-재앙의 왕, ??????
-찬탈을 꿈꾸는 재앙, 야마모토 하지메(만년백각오공).

['재앙의 왕'을 찾아내거나 새로운 단서를 수집하십시오.]

"혹시 '재앙의 왕'을 찾을 셈이야?"

역시 한수영은 눈치가 빠르다.

"시나리오가 이렇게 된 이상 녀석을 죽이지 못하면 끝이 안 나니까."

"흐음, 시작부터 보스 잡고 끝내겠다 이거지? 포부는 마음에 드네."

아스카 렌이 끼어들었다.

"……재앙의 왕이 누구인지는 알고 말씀하시는 건가요?"

"그건 지금부터 그쪽이 말씀해주셔야죠."

아스카 렌은 슬며시 눈을 내리깔 뿐 대답이 없었다. 속으로 여러 가지를 가늠하고 있을 것이다. 우리를 믿을 수 있는지 없는지. 이야기를 한다면 어디서부터 꺼내놓아야 하는지.

하지만 내게는 인내심이 많지 않았다. 말할 생각이 없다면 실토하도록 만드는 수밖에.

"왜 백요의 왕 이즈미 히로키가 '재앙의 왕'이 된 겁니까?"

내 질문에 놀란 아스카 렌이 한참이나 할 말을 찾지 못한 채 입만 뻐끔거렸다.

[당신은 스스로 '재앙의 왕'을 추리해냈습니다.]

[당신의 놀라운 추리력에 일부 성좌가 500코인을 후원했습니다.]

백요의 왕, 이즈미 히로키.

그는 후반 회차에서 유중혁의 지지자였고, 일본 측의 유능한 '왕'이었다. 우수한 성적으로 초반 시나리오를 클리어하고 절대왕좌를 차지해 도쿄 돔을 통일한 사내.

그런 그가 '재앙'이 되는 길을 선택했다.

멸살법 초반 전개에서는 없던 일이다.

"당신이 그걸 어떻게—"

"제가 어떻게 알았는지가 중요한 게 아닙니다. 그런 걸 따질 시간이 없잖습니까."

탄식하던 아스카 렌이 이윽고 뭔가 결심한 듯 입을 열었다.

"이즈미가 그렇게 된 건 모두 저 때문이에요. 제가 소인들과 싸우기를 거부했거든요."

"차원 전서구에 '소인을 죽이지 말라'라고 쓴 사람이 당신이군요."

아스카 렌은 고개를 끄덕였다.

"당신도 알겠지만, 여기서 소인을 죽이는 건 지구에서 우리가 당한 일을 똑같이 반복하는 짓이에요."

"모두가 그 생각에 동의하진 않았을 텐데요."

"총수가 제일 먼저 반대했어요. 그래서 정반대 내용의 전서구를 보냈죠. 총수는 이 시나리오를 재앙 측에서 수행하고 싶어했거든요."

잠시 망설이던 아스카 렌이 덧붙였다.

"정확히는 대부분의 일행이 그랬지만요."

당연한 이야기였다. 쉽게 시나리오를 클리어하고 보상을 획득할 방법이 있다. 그 대가로 아주 약간의 죄책감을 얻을 뿐. 만약 재앙 진영을 선택한다면 이번 시나리오는 지구에서 겪은 그 어떤 시나리오보다 쉽다. 한수영이 비꼬았다.

"그래서 동료를 죽였어? 대단한 정의감이네."

아스카 렌은 아무 말도 하지 않았지만 결과는 명확했다. 그녀는 소인을 지키기 위해 동료와 싸웠고 소인이 되었다.

"당신 진짜 이상하다. 아무리 재앙이 됐어도 소인보다는 당연히 당신 동료가 더 소중하지 않아? 그쪽이 더 '인간'에 가깝다고."

"그건……."

나는 아스카 렌이 그렇게 행동한 이유를 알지만, 구태여 캐묻지는 않았다. 그보다 먼저 알아내야 할 것이 있었다.

"이즈미가 절대왕좌를 썼으면 충돌이 생길 리가 없었을 텐데요."

"이미 재앙이 되어버린 이들에겐 절대왕좌의 힘이 잘 먹히지 않았어요."

순간 나는 깨달았다. 적어도 이 시나리오에서 '한국'이나 '일본' 같은 국가 개념은 의미가 없다. 이곳의 진영은 '소인'과 '재앙' 둘뿐. 그리고 그중 한쪽 진영을 컨트롤하기 위해서는, 그쪽 진영의 '왕'이 되는 수밖에 없다.

"이즈미는 소인을 죽였군요."

"……맞아요."

그래서 이즈미 히로키는 선택한 것이다.

「"내가 재앙의 왕이 되겠다."」

아스카 렌과 동료를 구하기 위해, 동시에 재앙이 된 동료를 통제하기 위해 백요의 왕은 스스로 이 세계의 재앙이 되었다.

"이즈미는 절대왕좌를 쓰기 싫어했을 텐데, 큰 결단을 내렸군요."

"그에 관해 굉장히 잘 아시네요."

"조금 들은 얘기가 있어서요. 그 후에는 어떻게 됐습니까? 당신이 지금까지 살아 있는 걸 보면 왕좌의 명령이 먹힌 것 같기는 한데."

"명령은 발동했어요. 하지만……."

아스카 렌은 양손으로 자신의 어깨를 감싼 채 파르르 떨었다. 무얼 생각하는지, 입술도 간헐적으로 떨렸다. 아무래도 제대로 설명할 수 있을 것 같지 않아서 나는 스킬을 발동했다.

[′전지적 독자 시점′ 2단계를 발동합니다!]
[이해도가 충분하지 않아 생각의 단편만 읽어낼 수 있습니다.]

「"이, 이즈미 씨? 왜 그래!"」

이즈미의 전신에서 흘러넘치는 요기. 절대왕좌의 힘이 열리는 순간, 그의 눈이 천천히 뒤집혔다. 이즈미의 등을 찢고 나온 여덟 개의 긴 목이 어두운 천공을 향해 솟구쳤다. 입에 거품을 문 이즈미가 비명을 지르듯이 외쳤다.

「"달아나! 모두 내 곁에서―"」

기억의 편린은 거기서 끊겼다. 근방 수십 미터를 폐허로 만들며 그림자 속으로 스며드는 이즈미. 그것이 아스카 렌이 본

이즈미의 마지막 모습이었다. 그리고 놀랍게도, 그 모습은 내가 줄곧 찾던 어떤 대상과 닮아 있었다. 아스카 렌이 떨리는 목소리로 말을 이었다.

"그를 죽일 방법은 없어요. 그와 계약한 배후성이 누구인지 안다면—"

"여덟 머리의 군주."

깜짝 놀란 아스카 렌이 경련하듯 몸을 떨었다.

그럴 법도 하다. 1차 투입자인 그녀는 '여덟 머리의 군주'가 어떤 존재인지 알 테니까.

여덟 머리의 군주. 약칭은 '뱀'.

"어디서 수식언을 들으신 모양인데, 그는……."

"진명도 압니다. 야마타노오로치 아닙니까."

내 말에 일순 하늘이 어두워지며 먼 곳에서 천둥이 쳤다. 녀석이 방금 내 말을 들었을지도 모르겠다는 생각이 들었다. 성좌의 진명에는 그만큼 강력한 힘이 실려 있으니까.

"야마타노오로치? 그거 일본 신화에 나오는 괴물 이름 아니야?"

"맞아."

"겁나 센 배후성이네."

한수영은 아스카 렌의 눈치를 보더니 귓속말을 했다.

"근데 그 자식 원래 배후성이 그거 맞아?"

나는 고개를 저었다. 본래의 3회차에서 이즈미 히로키의 배후성은 '뱀을 베는 자'였다. 내가 세운 작전도 그 가정하에 세워진 것이었다. 그런데 엉뚱하게도 '뱀을 베는 자'가 되어야 할 그의 배후성이 '뱀'이 되어버렸다.

"일이 좀 곤란해지겠는데."

다른 화신도 아니고 일본 최강의 화신이 '뱀의 화신'이 되었다. 그러니 이번 재앙의 왕은 유중혁의 역대 회차 중에서도 손에 꼽을 만큼 강력할 가능성이 컸다. 심지어 다른 회차와 달리 '뱀을 베는 자'의 도움도 기대하기 어려워졌다.

"'여덟 머리의 군주'는 화신과 영혼 계약을 맺는 녀석이야. 초반부터 강력한 힘을 빌려주는 대가로 화신체의 통제권을 조금씩 앗아가는 놈인데…… 아무래도 이번 시나리오에서 일이 터진 것 같네."

내 말을 들은 아스카 렌은 아예 입을 딱 벌리고 있었다. 타국의 화신이 자국 사정에 관해 자기보다 잘 아니까 놀랄 만도 하겠지. 한수영이 이죽거리며 말했다.

"그러게 배후성 계약을 잘해야 한다니까."

뭐, '심연의 흑염룡'을 노리던 네가 할 말은 아닌 것 같지만.

"당장 잡으러 가자. 그 녀석이 절대왕좌도 가지고 있겠다. 개 잡으면 게임 끝이네."

"지금 당장은 못 잡아. 내 예상보다 시나리오 난이도가 훨씬 어려워져서 준비가 좀 필요해. 기암괴석 지대로 가는 건 따로 만날 사람이 있어서야."

"만날 사람? 뭐…… 유중혁?"

"유중혁보다 더 센 사람."

"그놈보다 센 사람이 있어?"

"있어."

"누군데?"

"피스 랜드 출신의 강자."

내 말에 한수영이 헛웃음을 지었다.

"피스 랜드 출신? 지금 장난쳐?"

그렇게 말하는 것도 이해가 간다. 이 정보는 100화 이전에는 나오지 않으니까.

"너 여기 애들이 얼마나 약한지 몰라?"

대답할 틈도 주지 않고 한수영이 쏘아붙였다. 뭐가 그렇게 화가 났는지 유독 흥분한 모습이었다.

"여긴 소드 마스터는커녕 삼류 검객도 없어! 게다가 애들이 쓸 수 있는 마법이라곤 고작해야 부뚜막에 불 피우는 것뿐이라고."

나도 알고 있다.

"무슨 1세대 판타지 소설도 아니고…… 누가 악의적으로 약한 놈만 모아놓은 것 같아. 아니, 난 도통 이해가 안 돼. 그 자극 좋아하는 도깨비 놈들이 왜 이런 세계를 무대로 만들었지? 대체 코인 벌 생각은 있는 거야?"

듣고 있자니 한수영이 왜 이렇게 흥분했는지 납득이 된다. 이 녀석, 표절은 했어도 잘나가는 판타지 작가였지.

"진정해. 이 세계관은 도깨비가 만든 거 아니니까."

"뭐?"

나는 곁을 돌아보았다. 그곳에 눈물이 그렁그렁한 채 고개를 숙인 여자가 있었다. 한참을 머뭇거리던 아스카 렌이 고개를 꾸벅 숙이며 말했다.

"죄송해요."

그제야 한수영도 뭔가 눈치챈 듯했다.

"잠깐, 설마……?"

아스카 렌이 천천히 고개를 끄덕였다.

"……'피스 랜드'는 제가 그린 만화예요."

☒ ☒ ☒

아스카 렌은 그 말을 꺼내지 않아야 했는지도 모른다.

처음에 "그게 진짜냐?"라는 둥 경악을 금치 못하던 한수영은 오 분 후에 "하긴, 내 소설도 현실이 됐는데 그럴 수도 있지"라고 중얼거렸고, 다시 오 분 후에는 아예 폭격을 퍼붓기 시작했다.

"잠깐만, 설마 너 그래서 소인 죽이는 걸 반대한 거야? 네가 만든 세계의 등장인물이니까?"

"……"

"아이고, 참작가 나셨네, 참작가 나셨어. 자기가 그릴 때는 맘대로 죽여놓고 눈앞에서 살아 움직이니까 못 죽이시겠다?"

얼굴이 붉어진 아스카 렌이 아무 말도 못 한 채 고개를 숙였다. 한수영이 아스카 렌을 타박하는 동안, 나는 그녀에게 이 세계가 대체 어떤 의미일지 잠시 생각했다.

"그러게 애초에 애들 좀 강하게 만들어주든가. 아니, 왜 세계관이 이따위야?"

"일본에는 죄다 이계 환생물뿐이거든요. 그래서……."

"아하, 주류에 저항하려고 정통 판타지를 만드셨다?"

"그래도 작가가 되어서 양산형 이야기만 찍어낼 수는 없잖아요."

"양산혀엉?"

아무래도 하지 말아야 할 말을 한 것 같다.

"네 작품은 양산형만도 못해 쪼다야."

"……네?"

아스카 렌을 한심하다는 듯 노려보던 한수영이 내게 말했다.

"야, 김독자. 그거 아냐? 내가 베로니카에서 며칠 있으면서 알게 됐는데, 이 세계에서는 백작이 공작한테 반말을 해. 게다가 기사라는 놈들은 하나같이 기생오라비처럼 생겨서 흐느적거릴 줄이나 알지……."

"자, 잠깐만요!"

"닥쳐. 너 때문에 지금 우리가 이 고생을 하는데."

"만든 건 제가 맞지만 당신을 여기로 부른 건 제가 아니거든요?"

"이것 봐라? 네가 도깨비한테 부탁해서 네 세계를 현실로 만들어달라고 한 거잖아! 만화도 망했겠다! 내 만화 욕한 새끼들 전부 내 세계관에 처넣어서 다 죽여버리자! 뭐 그런 생각으로 기도했더니 갑자기 짠 하고 '소원을 들어주겠노라' 같은 메시지 따위를 받았겠지. 맞지?"

나는 감탄했다. 역시 작가는 아무나 하는 게 아니다.

"아, 아니에요! 애초에 그런 게 가능할 리가 없잖아요!"

"그럼 뭔데?"

이야기를 듣다 보니 나도 궁금해졌다. 멸살법에도 어째서 아스카 렌의 '피스 랜드'가 시나리오로 채택되었는지에 관한 이야기는 나오지 않기 때문이다. 이 정황을 알게 되면 멸살법 작가에 관한 힌트도 얻을 수 있지 않을까?

"그건……."

나와 한수영이 동시에 칼을 뽑아 든 것은 그때였다. 놀란 아스카 렌이 한 발짝 물러섰다.

"진짜 궁금한데, 지금은 듣기 곤란할 것 같네요."

"네?"

"뛰어요!"

간발의 차이로, 우리가 서 있던 곳에 거대한 수리검 몇 개가 박혔다. 아스카 렌도 얼굴이 창백해져서는 필사적으로 우리를 뒤쫓아왔다. 한수영이 말했다.

"젠장, 언제 쫓아왔지?"

"은신에 능한 놈들이야."

"몇이나 돼?"

"넷."

저 정도 실력을 가졌는데도 우리를 얕보지 않고 암살하려한 놈들이다.

전면전으로는 승산이 없다. 아스카 렌이 숨을 헐떡이며 말했다.

"아무래도 풍영대風影隊 같아요. 이즈미를 숭배하는 인외종이에요."

"역시 일본 애들은 이름도 폼 나게 짓네."

벌써 녀석들이 쫓아올 타이밍은 아닌데, 아무래도 아까 야마타노오로치의 진명을 언급한 게 실책이었던 모양이다.

"이쪽으로!"

기암괴석 지대로 들어서자 운신 폭이 조금씩 넓어졌다. 아스카 렌의 인도가 빛을 발했기 때문이다. 과연 세계관을 만든 작가는 달랐다. 그럼에도 거리는 조금씩 좁혀졌고, 어느새 풍영대 놈들은 뒤쪽에 바짝 따라붙고 있었다. 한수영이 결심한 듯 말했다.

"아, 몰라. 야, 먼저 가. 내가 시간 벌 테니까."

"괜찮겠냐?"

"나 알잖아? 죽은 척 달인인 거."

"그럼 믿는다."

나는 아스카 렌을 붙잡고 달렸다.

"렌 씨, 이제 정말 시간이 없습니다. 빨리 찾아야 합니다."

"무, 무슨 말씀이신지 모르겠어요."

"귀환자 키리오스."

"네?"

나는 날아오는 수리검을 비껴내며 말했다. 한수영이 몇 명 놓친 모양이었다.

"키리오스가 있는 곳을 알려주십시오."

"저는 그게 누군지 모르는데요?"

어쩌면 그렇게 나올 수도 있다고 예상은 했다.

멸살법에서도 키리오스가 이 시기에 이곳에 있다는 정보만 언급될 뿐 직접 만나는 장면은 나온 적이 없으니까.

"정말 몰라요! 전 그런 인물 그린 적 없어요!"

"아뇨, 당신은 알고 있습니다. 피스 랜드의 유일한 '강자'를."

"제 만화에는 그런 인물 안 나와요! 게다가 제 만화에 나오는 인물은 죄다 약하다고요!"

쐐애액! 수리검이 우리를 앞질러 꽂혔다. 나는 방향을 거세게 틀며 멈췄다. 이렇게까지는 안 하려고 했는데, 결국 상처를 건드려야 한다.

"당신의 '피스 랜드'는 11화에 연재 중지됐고, 출판사와 트러블을 빚어 단행본도 나오지 못했죠. 맞습니까?"

"어떻게 그걸……?"

"정통 판타지를 그리고 싶던 당신 마음은 잘 압니다. 하지만 말입니다. 당신 만화, 진짜 '정통 판타지'는 아니지 않습니까?"

연기 속에서 풍영대 두 놈이 나타났다. 평소라면 상대하고도 남겠지만 지금은 한 녀석을 막기도 버거웠다.

카드득!

스치듯 카타나를 흘려냈을 뿐인데 손목이 부러질 듯 시큰거렸다. 나는 침착하게 [백청강기]를 발동하며 외쳤다.

"연재 도중 당신은 독자 반응을 엿보다가 홧김에 어떤 인물을 그린 적이 있습니다."

"……."

"피스 랜드에 걸맞지 않게 강한 인물이었죠. 비록 연재 중지 처분을 받아 단 한 번밖에 출현하지 못했지만, 그렇다고 그 인물이 존재했다는 사실이 없어지는 것은 아닙니다."

아스카 렌의 눈동자 깊은 곳에서 동요가 번지고 있었다. 아니, 어쩌면 두려움일지도 모른다.

"다, 당신이 어떻게—"

"실패작을 기억하고 싶은 작가는 별로 없겠죠. 하지만 그것도 분명 존재했던 이야기입니다. 마음에 들든 들지 않든, 모두 당신 손끝에서 태어난 세계고, 당신이 만들어낸 인물이란 말입니다."

나는 아스카 렌의 모순에 대해 알고 있었다. 그녀는 자신이 그린 만화를 좋아하지 않았다. 그 만화가 그녀를 몰락시켰기 때문에.

하지만 그 만화가 현실이 되었을 때 자기 손으로 세계를 파멸시킬 수도 없었다. 그녀는 한때 이 세계를 창조한 신이었으니까.

"끝까지 책임을 지세요. 이 세계를 지켜본 독자가 단 한 명이라도 있다면 말입니다."

아스카 렌은 멍한 얼굴로 나를 바라보았다. 아마도 화를 내거나, 당신이 뭘 아느냐고 따져 물을 거라 생각했다. 그런데.

[등장인물 '아스카 렌'이 이야기에 대한 당신의 진심에 감응합니다.]
[등장인물 '아스카 렌'에 대한 당신의 이해도가 매우 높습니다!]

날카로운 소리와 함께 날아든 수리검. 아스카 렌이 내 손목을 자기 쪽으로 강하게 끌어당겼다.
"당신 말이 맞아요. 나는—"
손목을 더 세게 붙든 그녀가 달리기 시작했다.

[등장인물 '아스카 렌'의 특성 '피스 랜드의 창조주'가 활성화됐습니다!]

"나는 용서를 구해야 해요."
무엇에 대한 용서인지 묻지 않았다. 그것은 온전히 아스카 렌과 이 세계의 몫이니까. 다만, 그녀는 달리고 또 달렸다.
미처 그리지 못한 배경을 그리듯, 숲을 달리는 그녀의 발끝에서 나무뿌리들이 꿈틀거렸다. 그녀의 시선이 닿는 곳마다 예정된 복선처럼 새로운 길이 나타났다. 나는 그 길의 끝을 악착같이 눈으로 좇으며 뒤따라 달렸다.
지금까지와 같은 공간을 달리고 있음에도 모든 것이 다르게 감각되었다. 나는 달아나는 중이라는 것조차 잊고 온전히 그 감각에 몰두했다.

상쾌한 풀 내음과 벌레 소리. 팔뚝을 가볍게 스치는 시원한 바람. 신비와 경이를 머금은 마법의 숲. 막 짜낸 싱싱한 문장처럼 부드러운 흙바닥을 내달리며, 나는 그리운 심경에 사로잡혔다.

어렸을 적에 처음 멸살법 연재를 읽었을 때도 이런 기분이었다.

"저기다!"

기분은 오래가지 않았다. 아무리 빠르게 달아난다 해도 우리는 소인이고, 저쪽은 재앙이었다. 보폭부터 스킬까지, 도저히 메울 수 없는 격차가 있었다.

수리검이 스친 아스카 렌의 다리에서 피가 흘렀다. 점점 공격을 피하기가 어려워졌다.

"이쪽—"

우리가 따라잡힌 것은 거대한 나무 둥치를 도는 순간이었다. 한계에 이르렀는지 아스카 렌의 얼굴이 너무 창백했다. 나는 '부러지지 않는 신념'을 뽑아 그녀 앞을 막아섰다.

……빌어먹을, 틀렸나?

두 자루의 카타나가 나를 끝장내기 위해 날아들었다.

그때, 이변이 발생했다. 일순 등골이 서늘해지며 사지가 뻣뻣이 굳는 기분이 들었다. 주변 공기가 뒤바뀌었다.

뭐지? 무슨 일이 일어난 거지?

오소소 소름이 돋아 온몸이 저릴 지경이었다. 스킬이나 성흔의 영향이 아니었다. 차라리 본능에 가까웠다. 나와는 비교도 되지 않는 어떤 존재에게 영혼마저 압도당했을 때의 공포.

목소리가 들려왔다.

[누구냐?]

진언이 아니었음에도 진언처럼 들리는, 고고한 천둥 같은 음색.

차마 뒤를 돌아보진 못했지만, 성좌에 버금가는 존재가 그곳에 있다는 것만은 분명했다. 그렇지 않고서야 [제4의 벽]이 이토록 요동칠 리 없다.

나를 향해 칼날을 꽂던 풍영대도 석상처럼 굳어 있었다. 말조차 뱉지 못하는 그들을 향해, 하늘에서 백청白淸의 뇌전이 꽂혔다.

스아아아.

그 강력한 재앙들이, 뇌전 단 두 발에 먼지가 되어 사라졌다. 고개를 들어 허공을 보니 번개를 품은 먹구름이 하늘을 메우고 있었다. 그 중심을 지킨 것은 작은 인형이었다.

믿을 수 없는 일이었다.

왜냐하면 저 고고한 존재는, 분명한 소인이기 때문이다. 까무룩 눈을 뒤집고 혼절하는 아스카 렌을 본 순간, 나는 내가 누구를 대면했는지 실감했다. 숲이 울고 있었다.

[다시 묻겠다. 너희는 누구냐?]

그녀는 제대로 길을 찾아온 것이다.

"처음 뵙겠습니다, 키리오스."

'피스 랜드' 출신, 키리오스 로드그라임.

그는 이 멸살법 최강의 귀환자였다.

2

대부분의 화신은 스타 스트림의 최강자를 '성좌'라고 생각한다.

모든 이야기의 꼭대기에서 세계를 관음하는 자들. 하지만 언젠가 말했듯, 성좌만이 성좌와 대적할 수 있는 것은 아니다. 성좌의 격을 얻을 수 있음에도 그 길을 거부하고 마의 정점에 오른 마왕이 있는가 하면, 태생부터 괴수종의 정점에 군림하는 용龍도 있다.

그렇다면 인간은 어떤가? 마의 길도, 인외의 길도 걷지 않는 인간은 과연 성좌와 대적할 격에 도달할 수 있는가?

그 질문에 대한 대답이 지금 내 눈앞에 있었다.

[흥미롭군. 다른 행성을 위해 자신의 존재를 포기한 자인가.]

키리오스는 단 한 번 본 것만으로 내 정체까지 간파한 모양이었다. 그가 내 곁에서 혼절한 아스카 렌을 보며 말했다.

[네 용기를 봐서 한 번은 넘어가주마. 동료를 데리고 꺼져라.]

귀환자. 특별한 재능을 타고나, 스타 스트림의 축복 속에서 인간을 초월한 자. 키리오스 로드그라임은 그중에서도 더 특별했다.

귀환자 중에서도 아주 강력한 힘을 얻어, 도깨비들이 만든 시나리오의 인력引力에 끌려 들어가지 않을 정도의 격을 획득한 존재.

멸살법 전체를 통틀어도 그런 귀환자는 채 열 명이 되지 않는다.

"드릴 말씀이 있습니다."

순간 주변의 기암괴석이 일제히 몸을 떨었다. 초월의 격이 나를 향해 존재감을 드러내고 있었다. 성좌급은 그저 존재만으로도 필멸자를 멸할 수 있다.

[내게 말을 걸 위치가 된다고 생각하는가?]

내 안에 이렇게 수분이 많았다는 사실에 깜짝 놀랐다. 등이 순식간에 땀으로 흠뻑 젖었다.

[감히 나 역설逆說의 백청에게?]

강하다. 필멸자가, 그것도 소인이 저렇게까지 강할 수 있다니 소름이 돋는다.

[전용 스킬, '제4의 벽'이 발동합니다!]

하지만 내게는 '벽'이 있었다. 벽 너머에 아무리 무시무시한 존재가 있다 한들, 그가 벽을 넘어오지 못하는 한 내게 해를 끼칠 수 없을 것이다.

[등장인물 '키리오스 로드그라임'이 당신에게 호기심을 보입니다.]

그쯤 되자 키리오스도 뭔가 이상하다고 눈치챈 모양이었다.
[……재미있군. 다른 높은 격의 수호라도 받는 건가?]
나는 그가 엉뚱한 관심을 가지기 전에 입을 열었다.
"키리오스. 이 세계는 당신의 도움이 필요합니다."
키리오스의 표정이 묘하게 바뀌었다.
[나를 찾은 것은 그 때문인가?]
"그렇습니다."
[그 작은 녀석도 그러더니…….]
그러자 그 '작은 녀석'이 응답했다.

[작은 행성의 작은 성좌가 눈물을 글썽이며 '키리오스 로드그라임'을 바라봅니다.]
[작은 행성의 작은 성좌가 '키리오스 로드그라임'에게 10코인을 후원했습니다.]

짜증 난다는 듯이 키리오스가 인상을 찌푸렸다.
[필요 없다.]

[작은 행성의 작은 성좌가 큰 충격을 받습니다.]

하늘에서 아기 오줌 같은 빗방울 몇 개가 똑똑 떨어졌다.

[모든 세계는 멸망의 때가 있고, 모든 이야기는 끝나는 순간이 온다. 이 행성은 지금이 그때인 거지.]

먼 곳을 바라보는 키리오스의 눈에는 아무런 감정도 담겨 있지 않았다.

하지만 나는 안다. 설령 세상 모든 것에 둔감해진다 해도, 자신이 쌓은 '이야기'의 굴레에서 벗어날 수 있는 존재는 없다.

"그럼 왜 이곳에 다시 오셨습니까? 이미 오래전에 피스 랜드를 떠나신 분이."

[뭔가가 나를 불렀다.]

나와 키리오스의 눈이 쓰러진 아스카 렌을 향했다. 키리오스가 느끼는 그 감각이 뭔지 알 것 같았다.

"자신을 속이지 마십시오. 고향을 지키러 돌아오신 것 아닙니까?"

[이곳에 좋은 기억 따윈 없다. 이곳은…….]

"당신을 '약하게' 태어나게 만든 곳이니까요?"

처음으로 키리오스의 눈빛이 흔들렸다.

"당신에게 저주받은 몸뚱이를 선물한, 빌어먹을 모성母星이기 때문입니까?"

[그 이상 입을 놀리지 않는 게 좋을 것이다. 마지막으로 말하지. 꺼져라. 세 번은 없─]

"겁먹으신 겁니까?"

[무어라?]

"겁먹으셨냐고 물었습니다. 이곳을 찾아와 당신의 세계를 유린하는 저 성좌들에게, 저 간악한 '뱀'에게 겁먹으셨냐고 물었⋯⋯."

쿠구구구구!

순간 전신을 짓누르는 압력에 하마터면 두 눈이 튀어나올 뻔했다.

[죽고 싶은 거라면 죽여주마.]

나는 숨을 헐떡이면서도 말을 멈추지 않았다.

"당신이 이곳에 온 이유를 속이지 마십시오."

[성좌, '긴고아의 죄수'가 '키리오스 로드그라임'의 행태를 못마땅하게 생각합니다.]

[성좌, '악마 같은 불의 심판자'가 '키리오스 로드그라임'의 정의를 힐난합니다.]

[성좌, '하늘의 서기관'이 '키리오스 로드그라임'의 시나리오 간섭 행위를 엄중히 지탄합니다.]

연이어 떠오른 간접 메시지에, 일순 키리오스의 기세가 누그러들었다.

[희한한 놈들이 네 꽁무니를 쫓아다니는구나. 원숭이 왕에 대천사까지? 이상한 일이군. 그 자존심 강한 녀석들이⋯⋯.]

입에 고인 피를 뱉은 뒤 나는 다시 입을 열었다.

"제 얘기에 집중하십시오. 이 행성의 마지막을 보러 오시지 않았습니까?"

[나는 이 행성을 도울 수 없다.]

츠츠츠츳.

그의 몸에서 푸른 스파크가 튀어 올랐다. 개연성 후폭풍. 아까 풍영대를 죽인 영향이었다. 시나리오의 필요로 소환된 존재가 아니기에 저 하늘의 성좌들만큼은 아닐지라도 개연성의 제약을 강력하게 받는다.

스파크를 힘껏 그러쥔 키리오스가 말했다.

[내가 개연성을 감수하고 먼저 손을 쓴다면, 이 행성의 멸망을 앞당길 뿐이다.]

나는 그게 무슨 뜻인지 이해했다. 성좌급 존재에게 개연성이란 저울과 같다. 어느 한쪽이 타당한 개연 없이 이야기의 흐름을 바꾼다면, 스타 스트림의 법칙은 강제적으로 그 저울의 평형을 맞추려 든다.

[내가 시나리오에 간섭하면 시나리오를 지켜보던 다른 성좌도 움직일 개연을 얻는다. 그러니 내가 할 수 있는 일은……. 고향의 마지막을 담아가는 것뿐이다.]

기억난다. 저것이 내가 아는 키리오스의 진짜 모습이다. 고향을 떠나 무수한 시련을 극복하고 되돌아왔으나, 너무나 강해진 대가로 자신의 고향을 구하지 못하게 된 자.

역설의 백청, 키리오스 로드그라임.

"당신이 직접 손쓸 필요는 없습니다."

여기서 물러설 생각이었다면 키리오스를 만나러 오지도 않았을 것이다.

"슬슬 천기天機가 당신에게 제자 설화를 요구하고 있을 텐데요. 아닙니까?"

그 침착한 키리오스조차 이번만큼은 당황한 모습이었다.

"저를 제자로 삼으십시오. 당신의 대리인이 되어 피스 랜드의 재앙을 물리치겠습니다."

그러나 당황은 잠시뿐이었다.

[……나는 외인外人은 제자로 받지 않는다. 그리고 너는 내 힘을 이을 자격이 부족해.]

조금 자존심이 상했다. 여기 있는 사람이 내가 아니라 유중혁이라면 망설이지 않고 제자로 받았을까?

"그 자격, 이걸로는 안 되겠습니까?"

나는 근처에서 나뭇가지 하나를 집어 들었다.

기이이잉!

[백청강기]의 마력이 고스란히 빨려 나가며, 새파랗게 일렁이는 마력의 파랑이 나뭇가지에서 넘실거렸다. 아직 위력은 부족하지만 그 성취를 보이기에는 충분한 수준이었다.

키리오스의 눈빛이 서서히 경악으로 물들어갔다. 두 번째 시나리오가 끝나자마자 제일 먼저 구매한 히든 스킬. [백청강기]는 바로 키리오스 로드그라임의 성명절기成名絕技였다.

"다시 인사드립니다. 백청문白淸門의 문외門外 제자, 김독자가 사문의 어른을 뵙습니다."

무려 두 시간이 지난 후 키리오스는 결정을 내렸다. 전신에서 타오르던 백청의 기운을 해제한 그가 인간의 육성으로 입을 열었다.

"백청문은 내가 떠나고 멸문했을 텐데. 아직도 문하가 남아 있을 줄은 몰랐군."

겨우 그런 말을 하려고 사람을 두 시간이나 세워두다니.

스타 스트림의 강자는 오랜 세월 속에서 자아를 유지하기 위해 '고유 시간' 속에 산다는데, 그 말이 맞는 것도 같다.

"좋다. 너를 제자로 받겠다."

키리오스는 내가 어떻게 백청강기를 익혔는지, 어떻게 그의 비사를 알고 있는지는 가타부타 묻지 않았다.

그리고 수련이 시작되었다.

¤ ¤ ¤

「……키리오스 로드그라임은 '무림계 귀환자'였다. 소인이라는 태생적 한계에도 불구하고 불세출의 노력을 겸비한 그는, 시스템의 도움 없이 무공을 터득해 자신의 종족을 초월하는 데 성공한다.

<제1 무림>에 진출해 절대 고수로 군림한 그의 전설은 여럿 남아 있다. 자신보다 키가 큰 마교도를 모두 죽여버린 일이라든가, 키를 가지고 놀리는 맹주의 남근을 잘라버린 일이라든가. 개중에서도 가장 유명한 것은 '파천검성'과의 인연으로…….」

"네 스마트폰은 같이 작아졌네?"

다가온 한수영의 목소리에 나는 화면을 끄며 일어섰다.

"아공간 코트에 넣어놨더니 이렇게 됐어."

"젠장, 하여간 좋은 건 혼자 다 가진다니까."

한수영은 무사히 풍영대를 따돌리고 우리와 합류했다. 역시나 '죽은 척'이 먹혀들었다는데, 나 또한 속은 적이 있기 때문에 그럴 만하다는 생각이 들었다.

"'제1 무림' 최강자가 피스 랜드 출신이라니, 상상도 못 했네."

"최강자가 가려진 건 아니지만, 최강에 제일 가깝긴 하지. 그런데 알고 있었나 보네?"

"초반부에도 이름은 나와. 직접 보는 건 처음이지만."

"그거야 나도 처음이지. 당분간 렌 데리고 근처에서 기다려."

나는 키리오스의 가르침을 받아 기암괴석 지대의 진법 속에서 무공을 익히고 있었다.

내 목표는 두 주 안에 키리오스의 비전절기秘傳絶技를 익힌 후 왕성 베로니카로 귀환하는 것이었다. 원작 진행대로라면 '여덟 머리의 군주'가 왕성 전체를 짓밟기 위해 움직이는 것도 그 무렵일 것이다.

물론 예상대로 일이 쉽게 풀릴 리는 없었다. 나를 가르치기 시작한 첫날, 키리오스가 시킨 일은 다음과 같았다.

"이걸 차라."

키리오스가 '피스 랜드'산 한철寒鐵로 만들어진 팔찌와 발찌를 던져주었다. 나는 웬 횡재인가 싶어 아이템을 넙죽 착용했다. 그런데.

['수련용 한철 팔찌'가 당신의 육체를 구속합니다.]

망할. 갑자기 체근민이 1레벨로 돌아간 듯했다. 전신이 몸살이라도 걸린 것처럼 무거웠다. 내 표정을 본 키리오스가 덧붙였다.

"그 정도면 제일 가벼운 무게다. 그 상태에서 아까 가르쳐준 걸 100만 번 반복해라."

"······100만 번이요?"

"그래, 100만 번. 내가 보여준 건 제대로 봤겠지?"

보긴 봤다. 키리오스는 내 앞에 단정한 자세로 서더니, 그대로 검을 뻗어 허공을 내질렀다. 기본적인 '찌르기' 자세였다.

"그걸 왜······."

"모든 백청의 무공은 여기서 시작한다. 가장 '작은 점'을 여는 것. 극도로 응축되고 절제된 하나의 '점'에서 우주가 시작된다."

"······그렇군요."

무슨 말인지 모르겠다.

"너처럼 커다란 족속으로 태어난 존재는 '작음'의 의미를 알 수 없겠지."

그 말을 듣자 갑자기 떠오르는 것이 있었다. 멸살법 설정에 따르면 키리오스는 키에 콤플렉스가 있다.

"인간도 별로 큰 편은 아닙니다만."

"그래, 내가 말하려는 게 바로 그것이다. 우주적 견지에서 보면 모든 존재는 티끌만도 못해. 그러니 소인을 소인이라 부르는 것은 잘못이다. 인간도 소인도 결국은 먼지에 불과하니까."

어쩐지 자신의 작음을 우주적으로 합리화하는 느낌이었다.

"하지만 큰 먼지와 작은 먼지는 다르지 않습니까?"

"중요한 것은 먼지의 크기가 아니라 우주의 크기다. 티끌에 불과한 존재라 해도, 얼마나 커다란 세계를 인식하느냐에 따라 존재의 격은 달라질 수 있지. 아니, 오히려 작을수록 우주의 근원根源에 더 가까운 셈이니 본질을 이해하기에도 더 유리하다."

멋있는 말 같아서 일단 맞장구를 쳤다.

"아하."

"이해했느냐?"

"근데 그게 찌르기랑 무슨 상관입니까?"

나를 경멸하듯 바라보더니 키리오스가 말했다.

"……이래서 태생이 큰 놈들은 못 쓰겠군. 찌르기나 열심히 해라."

키리오스는 그 말을 남기고 사라졌다.

아마도 내게 실망한 듯했다. 그럴 법도 하지. 내 저질스러운 재능이야 [바람의 길] 때 이미 충분히 증명되었으니까. 그러니 정말로 무공을 익히려 했다가는 두 주는커녕 몇십 년이 걸릴지 알 수 없었다.

키리오스의 구박은 그 후로도 계속되었다. 참고로 사흘째에 내가 들은 칭찬은 다음과 같았다.

"똑바로 해라. 태생이 나약하다면 노력이라도 제대로 해야 할 거 아니냐?"

이건 닷새째였나? 아무튼.

"이래서 큰 몸으로 태어난 놈들은……."

키리오스의 대인大人 혐오는 그야말로 하늘을 뚫을 기세였다. 개중에서도 제일 기억에 남는 것은 수련 일주일째 되던 날 들은 이 말이었다.

"차라리 벌레로 태어나지 그랬느냐? 바퀴벌레도 네놈보단 잘 배울 것이다."

"그런 바퀴벌레가 있다면 스승으로 삼고 싶군요."

"죽고 싶으냐?"

그리고 마침내 이 주째 저녁이 된 날. 나는 찌르기를 1,000번쯤 하다가 지쳐서 쓰러지고 말았다.

"네놈은……."

여전히 나는 스킬을 배우지 못했다. 내 재능에 크게 실망한 키리오스는 한심한 눈빛으로 나를 내려다보고 있었다.

"대체 어떻게 [백청강기]를 익혔는지 의문이구나."

"비급을 열심히 읽었더니 익혀지더라고요."

멸살법을 열심히 읽긴 했으니 거짓말은 아니었다. 또 쓴소리를 늘어놓을 줄 알았는데 웬걸, 키리오스의 표정이 묘했다.

"입만 산 놈 같으니…… 그렇게 약해빠진 육체로는 금방 육

Ep 25. 신과 마주 보는 자들 149

편이 되어 나가떨어질 것이다."

"거참 살벌하게 걱정해주시네요."

"네놈이 백청의 명예에 먹칠할까 우려하는 것이다."

키리오스는 솔직하지 못하다. 멸살법에서도 줄곧 그랬다.

[등장인물 '키리오스 로드그라임'에 대한 이해도가 상승합니다!]

삭막한 기암괴석 지대의 돌산 너머로 뉘엿뉘엿 태양이 넘어갔다. 키리오스는 가부좌를 튼 채 내 키보다 조금 높은 돌탑 위에 앉아 있었다. 나는 그 돌탑 밑에 풀썩 앉아 석양을 바라보았다.

"싸워보지도 못하고 훈련하다가 죽겠는데요."

"우주의 관점에서 보면 그것도 찰나의 시간이다."

"작은 행성에서도 태양은 엄청 크게 보여요."

"그 또한 우주의 관점에서는 한 줌의 먼지다."

"그 먼지 위에서 정말 많은 이들이 죽었어요."

"……."

"우주적 관점에서는 그 또한 먼지처럼 별것 아닌 일일까요?"

키리오스는 대답 대신 먼 곳의 별들을 올려다보았다. '스타 스트림'의 은하를 이루며 이 비극을 관람하는 성좌들. 키리오스는 묵묵한 눈으로 그들을 보며 말했다.

"아주 오랫동안 제자를 받지 않았다."

"이런 수련을 받으면 바퀴벌레라도 도망갈 겁니다."

"······그럴지도 모르지."

나는 별을 보는 키리오스가 무슨 생각을 하는지 알 수 있었다. 키리오스의 전사는 멸살법에서도 다뤘으니까. 이 세계에서 가장 작은 초인. 홀로 별들을 눈에 담을 수 있는 자, 키리오스 로드그라임.

백청문의 마지막 문주이자 최후의 생존자.

"모두, 하나같이 약한 녀석들이었다."

그의 사형 사제는 '제1 무림'의 혈사에 휘말려 모두 죽었다.

최강의 소인 키리오스 로드그라임을 제외하고는.

"큰 놈들은 하나같이 약해빠졌다. 그러니 몇 배 더 노력해야 한다. 앞으로 네가 겪을 시나리오는 지금까지 네가 살아온 삶과는 비교도 할 수 없는—"

키리오스가 그 말을 하는 이유를 안다. 인간보다 작은 소인. 노력하고 또 노력해서 우주의 관점으로 세계를 보게 된 존재. 드높은 별들의 권좌에 도전할 수 있게 된 강자.

"그거 아세요?"

"음?"

"시나리오가 없을 때도 사람은 계속 죽었어요. 어쩌면 지금보다 훨씬 더 소박한 이유로, 먼지처럼 죽었어요."

왜 불쑥 그런 말을 한 건지는 모르겠다. 키리오스의 고개가 천천히 움직여 나를 바라보았다.

"솔직히 그때가 더 힘들었어요. 거짓말이라고 생각하실 수도 있겠지만, 저한테는 그 세계가 더 불합리했거든요. 노력하고 발버둥 쳐도 벗어날 수 없는 수렁 같았어요. 그러니까 제가 하고 싶은 말은……."

"……."

"걱정 마세요. 전 안 죽어요."

어느덧 해가 저물고 고적한 밤이 차올랐다. 어슴푸레한 달빛이 만든 그림자 속에서, 키리오스는 한참이나 나를 바라보더니 다음과 같이 말했다.

"너는 이상한 놈이다."

"제가 좀 이상하긴 하죠."

"……앞으로 8만 2,000번 남았다."

제길. 봐주는 법이 없군.

투덜거리며 다시 돌탑을 올려다보니 키리오스의 신형이 보이지 않았다. 잠깐 바람이라도 쐬러 간 모양이었다. 천천히 호흡을 고르고 일어나 먼지를 털었다. 키리오스의 기척이 완전히 사라졌음을 확인한 나는, 인근에서 기다리던 아스카 렌과 한수영을 찾았다.

"야, 도망가자."

"뭐? 다 배웠어? 아까 보니 하나도 못 하던데?"

"다 훔쳤어."

나는 조용히 눈을 감고 뭔가를 읊조렸다. 그러자 내 주변에서 강렬한 백청의 뇌전이 튀며 기운이 끓어오르기 시작했다.

키리오스의 비전절기, [전인화電人化]였다.

"어? 뭐야? 분명 아까는……."

"말했잖아. 훔쳤다고."

[5번 책갈피에 '키리오스 로드그라임'이 추가됐습니다.]

처음부터 내 목적은 이것이었다. 최강의 귀환자 키리오스를 내 [책갈피]에 넣고, 이해도를 최대한 끌어올리는 것.

애초에 키리오스는 나 같은 둔재를 제대로 가르칠 생각이 없었을 것이다.

키리오스 같은 강자는 내 감언이설 몇 마디에 속아 진신절기眞身絕技를 내줄 만큼 호락호락하지 않다.

"그러니까 빨리 도망가야 돼."

"젠장, 알았어."

투덜거린 한수영이 아스카 렌을 부축하며 채비를 끝냈다. 우리는 밤의 돌산을 달리고 또 달렸다. 어느덧 멀리서 해가 밝아오는 광경이 보였다. 새벽녘의 온기가 주변을 물들이고 있었다.

피스 랜드는 이 주마다 계절이 바뀐다.

수련을 시작할 때는 겨울이었는데 어느새 봄이 오고 있었다.

아스카 렌의 안색이 창백해진 것은 그때였다. 갑자기 심장을 움켜쥔 그녀가 괴로운 듯 신음을 흘렸다.

"뭐야? 괜찮아?"

멀리서 가벼운 천둥이 쳤다. 밝아오던 새벽녘 사이로 짙은 먹구름이 끼고 있었다. 기암괴석 지대 건너편에서 음습하고 사악한 요기가 느껴졌다.

"······'여덟 머리의 군주'가 움직이기 시작했어요. 그가 절대 왕좌로 재앙들을 부르고 있어요."

슬슬 때가 되었다고 생각은 했다.

동면을 청한 생명체가 하나둘 깨어나는 봄.

바야흐로 '뱀 사냥'의 계절이 도래했다.

3

베로니카의 높은 성벽. 고지대가 만든 드넓은 풍광 아래로 새카만 그림자가 드리워졌다. 무려 성벽 크기에 육박하는, 한때는 인간이었으나 지금은 재앙이 된 존재들. 절대왕좌의 발동으로 이지를 잃은 재앙들이 평원을 갈아엎으며 달려오고 있었다.

"온다! 모두 준비해!"

"으아아아악!"

선두의 정찰병들이 찢겨나가며 평원에 붉은 발자국이 남았다. 이를 악문 공필두가 성채의 모든 포탑을 가동하며 외쳤다.

"빌어먹을 놈들. 여긴 내 땅이다!"

평원을 박살 내며 달려오는 재앙의 개체 수는 물경 오십. 모르긴 몰라도 저 정도 숫자면, 피스 랜드의 재앙 중 절반 이상이 모인 규모일 것이다.

"아저씨, 마력 아껴봐."

이지혜가 칼을 뽑으며 외쳤다.

"모두 도개교 안쪽으로 철수해요!"

해자를 정비하던 소인들이 허겁지겁 성채 안으로 들어왔다. 밀려오는 재앙의 대군을 보며 이지혜가 손끝을 파르르 떨었다. 재앙의 군대는 선두부터 후미까지, 작은 개체에서 큰 개체 순으로 커지고 있었다. 후미의 개체일수록 더 많은 소인을 학살하여 능력치를 높인 것이 확연히 눈에 띄었다.

"빌어먹을…… 시나리오 쉽게 해보겠다 이거지."

때마침 정찰대와 함께 복귀한 이현성이 흉벽으로 올라왔다.

"군인 아저씨! 혹시 상아 언니나 희원 언니 소식은 없어?"

이현성이 고개를 저었다.

"아무래도 지구에서 시나리오에 참가한 것 같아. 독자 씨 말로는 거기서도 시나리오가 진행 중일 거라 했으니까."

"젠장. 그럼 꼴랑 우리끼리 막아야 되는 거네. 해자는 얼마나 건설됐어?"

"반 정도. 곧 물길도 트일 거야."

"일단 할 수 있는 데까진 해보자."

뒤를 돌아보니 이복순도 몸을 풀며 나오는 중이었다. 이지혜가 눈을 반짝였다.

"할머니, 혹시 배후성 힘 또 빌릴 수 있어요?"

"흘흘, 자꾸 조상님들 공덕을 바라면 쓰나."

"조상님의 조상님 공덕까지 빌어야 할 판에 무슨 여유예요?"

상공에 어둑한 그림자가 몰려든 것은 그때였다. 하늘을 까맣게 메운 작은 벌레 떼. 이지혜가 기겁을 했다.

"우왁?"

자세히 보니 군데군데 비행종도 섞여 있었다. 이길영과 신유승의 괴수 대군이 수성 준비를 마친 것이다. 말벌을 닮은 충왕종에 탑승한 이길영이 손나팔을 불었다.

부우우우─!

성벽 코앞까지 다가온 재앙들이 성을 무너뜨리기 시작했다. 이현성이 긴장한 목소리로 말했다.

"……온다."

본격적인 수성전이 시작되었다.

"발포하라!"

한쪽에서는 공필두의 포화가, 다른 한쪽에서는 소인들의 함성이 이어졌다.

"싸워라!"

"베로니카를 지켜!"

성곽 곳곳에서 폭음이 울려 퍼졌고, 성벽은 재앙들의 발길질에 조금씩 부서져 내렸다. 이제 인간은 정말 '재앙'이라 부르기에 적합해 보였다.

'나도 재앙을 선택했다면 저렇게 됐을까.'

이지혜는 김독자의 말을 떠올리며 입술을 깨물었다. 답은 알 수 없었다. 지금 그들이 할 수 있는 일은, 가진 것을 모두

동원해 성을 지키는 것뿐.

"놈들이 정문을 노리고 있습니다! 이, 이대로는…… 아아악!"

선두의 재앙에 붙잡힌 정찰대가 비명을 질렀다. 소인의 뼈가 으스러지려는 순간, 어디선가 날아든 수리검이 재앙의 손등을 찔렀다. 분노한 재앙이 고개를 번쩍 들었다. 망루 쪽에서 도약하는 누군가가 있었다.

[화신 '미치오 쇼지'가 '하늘다람쥐 걸음 Lv.6'을 발동합니다!]

김독자가 자리를 비운 두 주 동안, 다들 놀고만 있지는 않았다. 특히 미치오 쇼지는 가진 스킬을 갈고닦고 또 갈고닦았다.

겨드랑이 사이에서 작은 보조 날개를 펼친 그는, 그대로 재앙을 향해 급강하하기 시작했다. 그러나 재앙의 대처가 조금 더 빨랐다. 날아오는 벌레를 쳐내려는 듯 거대한 해머가 쇼지를 노리고 날아들었다.

두두두두두!

공필두의 탄환이 재앙의 어깨를 두드렸다. 하지만 이미 휘둘러진 공격 궤도를 바꾸기에는 포격이 부족했다. 미치오 쇼지가 입술을 꽉 깨물며 궤도를 바꾸려던 순간.

"장전!"

해자 사이로 차오른 물. 그 위로 이지혜의 유령 함대가 모습을 드러냈다. 수위가 낮고 해자의 크기가 충분치 않아 소환된 함선은 네 척뿐이지만, 지금은 그것도 큰 전력이었다.

"발사!"

함포가 재앙의 정강이에 적중했다. 신음을 흘린 재앙이 비틀거리며 주저앉는 순간, 미치오 쇼지가 움직였다.

"으아아아아아!"

마력이 실린 검이 방심한 재앙의 눈을 찔렀다. 끔찍한 비명과 함께 포격이 이어졌다. 미치오 쇼지는 미친 듯이 재앙의 눈을 파고들었다. 찌르고, 베고, 찢고. 가진 마력을 쏟아부어 한 부위만 공략했다. 그것만이 자신이 할 수 있는 전부라는 듯이.

잠시 후, 꿍음과 함께 시야가 낮아졌다. 재앙이 쓰러진 것이다. 재앙의 눈을 파내고 빠져나온 미치오 쇼지가 헐떡거리며 몸을 일으켜 세웠다. 주변에서 소인들의 함성이 들려왔다.

[누군가가 '아직 이름이 없는 재앙'을 쓰러트렸습니다!]
[주요 공헌자: 이지혜, 공필두, 미치오 쇼지]

해냈다. 소인들의 힘으로 재앙을 물리쳤다.

[수식언을 밝히지 않은 한 성좌가 화신 '미치오 쇼지'에게 관심을 보입니다.]

쇼지는 주변을 둘러보았다. 재앙은 강했지만, 다들 제법 잘 버티고 있었다. 성벽이 부서졌고 사상자도 발생하고 있지만 밀리지는 않았다. 공필두의 [무장요새]가 있고, 이현성의 [태산 부수기]가 재앙들에게 꾸준히 유효타를 먹였다. 군집한 벌레들이 재앙의 시선을 교란했으며, 괴수 무리가 재앙의 발목을 집요하게 물어뜯었다.

'이대로라면 지킬 수 있을지도 모른다.'

모두 그렇게 생각했다.

평원의 지평선에서 새카만 먹구름이 몰려오기 전까지는.

"저건 또 뭐야?"

이지혜는 자신의 눈을 의심했다.

[재앙의 왕'이 시나리오 버프 효과를 받습니다.]

[성좌, '여덟 머리의 군주'의 개연성 제약이 일부 해제됩니다.]

"미친…… 저런 걸 어떻게 막아…….”

거의 요새 크기에 육박하는 무언가가 이쪽을 향해 다가오고 있었다. 시뻘겋게 자라난 여덟 개의 머리와 꼬리.

'아저씨! 빨리 좀 와!'

이지혜는 속으로 절규하며 장도를 빼 들었다.

¤ ¤ ¤

키리오스의 영역에서 벗어난 우리는 기암괴석 지대를 지나곧장 평원 지대로 향했다.

"'여덟 머리의 군주'는 이미 출발한 것 같아요. 이 근처에서 그의 부름이 느껴지지 않아요."

"렌 씨는 괜찮으십니까?"

"저는 '소인'을 선택했기 때문에 왕좌의 권능에 저항할 수 있어요. 하지만 '재앙'을 선택한 쪽은…… 특히나 약한 배후성을 가진 화신은 전부 평원 지대로 몰려간 것 같아요."

저쪽에서 절대왕좌를 사용한 이상, 행성에 투입된 재앙이 대부분 몰려갔다고 봐도 무방할 것이다. 즉 이번 전투는 시나리오의 성패를 결정짓는 싸움이 되리라.

[소수의 성좌가 당신의 활약을 기대하고 있습니다!]

길 곳곳에 소인종 시체가 널려 있었다. 아스카 렌이 씁쓸한 얼굴로 말했다.

"……탓할 수는 없는 거겠죠."

자신이 살기 위해 재앙을 선택한 이들. 모두가 아스카 렌이나 우리처럼 소인 편에 서지는 않았다. 시간이 지나고 투입자가 많아질수록 재앙의 숫자는 더욱 늘어날 것이다.

"이건 시나리오니까요."

소인의 편이든 재앙의 편이든, 결국 이곳의 싸움은 구경거리가 되기 위해 존재한다. 사람들은 그 사실을 잊기 위해 더욱더 역할에 몰입하는지도 모른다.

자신의 삶을 팔아 돈을 벌고, 그리고 다시 그 돈으로 다른 이야기들을 사고. 어쩌면 인간도 줄곧 그런 식으로 살아왔다.

쿠구구구구!

떠나온 기암괴석 지대에서 강력한 기운이 솟구쳤다. 꽤 거리가 떨어져 있는데도 기세가 느껴졌다.

"키리오스가 눈치챈 모양이군요. 서두르죠."

기껏 무공을 가르쳐달라 해놓고 도망쳤으니, 붙잡히면 호된 꼴을 당하겠지. 우리는 평원 지대를 가로질러 베로니카 왕성 방향으로 달리기 시작했다. 달리는 와중에도 아스카 렌은 종종 기암괴석 지대를 돌아보았다. 한수영이 렌에게 물었다.

"아쉬워?"

"네? 아니에요."

"하긴, 기분 이상하지? 직접 만든 캐릭터를 실물로 보다니."

"……."

"게다가 미남이고."

굳이 말하지 않았지만 키리오스는 잘생겼다.

멸살법에서는 미남형을 묘사할 때 흔히 '유중혁 뺨치게'라는 수사를 사용하는데, 그 표현이 딱 어울리는 인물이라고 할까. 키가 좀 많이 작고, 성격이 좀 꼰대 같기는 하지만…….

자기가 만든 인물이 숨을 쉬고 말을 하며 돌아다니는 모습을 보면 기분이 어떨까. 멸살법 작가가 어딘가에 살아 있다면 유중혁을 볼 때 비슷한 기분이 아닐까.

"잠깐 전방 좀 살피고 올게."

한수영이 걸음에 속도를 더하며 앞쪽으로 나아간 사이, 고개를 숙인 채 달리던 아스카 렌이 중얼거렸다.

"키리오스에게 아무 말도 해줄 수 없었어요."

"……"

"이런 세계를 만들어서 미안하다고, 비극을 겪게 해서 미안하다고 말해줄 수가 없었어요."

설령 이 세계를 그녀가 만들었다 한들, 그 사실을 밝혀봤자 무슨 의미가 있을까. 그들의 삶이 누군가의 손끝에서 정해졌으며, 모든 비극은 예정되어 있었다고 알리는 게 무슨 소용일까.

"이미 이 이야기는 저를 떠나서 완전하게 존재하고 있더라고요."

그 말을 하는 아스카 렌은 무력한 신의 얼굴을 하고 있었다. 권좌를 박탈당해 피조물에게 아무런 영향도 끼치지 못하게 된 신.

"이젠 당신이 만든 인물이 아니니까요. 이야기 밖을 살아가게 된 인물까지 당신이 챙길 수는 없습니다. 그건 다른 이의 몫이죠."

"……김 상, 혹시 당신도 작가인가요?"

"아뇨. 저는 독자입니다."

"부럽네요."

"네?"

아스카 렌은 잠시 사이를 두고 말을 이었다.

"당신 같은 독자를 독자로 둔 작가가, 부럽다고요."

멀리서 한수영이 손을 흔드는 모습이 보였다. 입 모양을 보니 저쪽에 뭐가 있다고 소리치는 것 같았다. 우리는 걸음에 박차를 가했다.

"김 상. 그러고 보니 궁금한 게 하나 있는데요."

"말씀하세요."

"어떻게 키리오스의 환심을 사셨어요?"

"환심이라뇨?"

"보니까 키리오스가 독자 씨를 좋아하는 것 같더라고요."

"……예?"

"키리오스는 누군가에게 호의를 품으면 그렇게 틱틱대거든요."

[성좌, '악마 같은 불의 심판자'가 호기심을 보입니다.]

그러고 보니 재능 없다고 구박하는 것치고 키리오스는 꽤 잘 대해주는 편이었다. 매번 커다란 놈, 커다란 놈 하면서 욕하긴 하지만…….

"김독자."

한수영이 굳은 표정으로 나를 멈춰 세웠다. 시선을 따라 고개를 돌리자, 시커먼 연기가 피어오르는 대지가 보였다. 성채 베로니카가 있는 방향이었다. 우리는 너나 할 것 없이 그쪽으로 달리기 시작했다.

얼마 지나지 않아 베로니카의 성벽이 드러났다. 늘어져 있는 괴수종 시체. 터지고 짓밟힌 소인종 시체. 뒤통수가 으깨진 재앙의 모습도 보였다.

이현성의 솜씨가 아닐까 싶었다. 내성으로 들어갈수록 소인
종 시체는 점점 늘어났고 재앙들 시체는 점점 줄어들었다.

설마 너무 늦은 건 아니겠지. 그리고 잠시 후, 우리는 박살
난 별궁 뒤쪽에서 끔찍한 광경을 목격했다.

두두두두두!

공필두의 포성. 다행히 일행은 무사했다. 이현성은 심하게
다친 듯했고, 이지혜와 아이들도 녹초가 되어 있었지만, 생명
에는 지장이 없어 보였다. 하지만 위태로운 것은 매한가지였
다. 그리고 그들이 싸우고 있는 적은…….

"미친."

드센 한수영도 질렸는지 내 쪽으로 두어 걸음을 물러섰다.

"아아! 이즈미……."

곁에 있던 아스카 렌이 고통스러운 듯 관자놀이를 짚더니
신음을 토하며 무릎을 꿇었다.

고오오오오.

약 스무 개체의 재앙이 하나의 존재를 중심으로 뭉쳐 있었다.

눈알이 까맣게 변한 남자의 몸 위로, 상공을 뒤덮은 거대한
괴물의 그림자가 일렁였다.

[당신은 '명망 높은 재앙'과 조우했습니다!]

['재앙의 왕'이 자신의 정체를 드러냅니다.]

-재앙의 왕, 이즈미 히로키(여덟 머리의 군주).

-찬탈을 꿈꾸는 재앙, 야마모토 하지메(만년백각오공).

[성좌, '여덟 머리의 군주'의 그림자가 시나리오에 현현 중입니다!]

핏빛 계곡을 연상시키는 머리와 꼬리. 여덟 개의 머리를 가진 재앙의 왕이 유선형 동체를 드리운 채 똬리를 틀고 있었다.

머리 하나가 주변을 굽어보더니 가까이에 있던 소인을 향해 목을 숙였다. 겁에 질린 소인들이 하얗게 질리는 순간. 뱀의 입이 그들을 향해 웃었다.

콰지지직!

장난치듯 주둥이가 스친 자리에는 소인종들의 하반신만 남았다.

"사, 살려줘! 살려주세요!"

뭉개진 소인의 살점이 붉은 뱀의 입 속으로 고스란히 빨려들어갔다. 그러나 제지할 수 있는 사람은 없었다. 일행들조차 마네킹처럼 굳은 채 그 광경을 지켜볼 뿐이었다.

뒤늦게야 깨닫는다.

일행이 아직 무사했던 것은 열심히 싸웠기 때문이 아니었다.

포성은 이어지고 있으나 공필두의 얼굴을 채운 것은 살의가 아니라 체념이었다.

이현성도, 이지혜도, 다른 이들도. 모두 아직 살아 있는 것은 그들이 설화급 성좌의 '한 끼 식사'이기 때문이었다. 먹잇감을 고르는 뱀이 주둥이를 벌릴 때마다 소인 너덧 명이 육편이 되어 사라졌다.

[작은 행성의 작은 성좌가 고통에 몸부림칩니다.]
[작은 행성의 작은 성좌가 비명을 지릅니다.]

한수영이 중얼거렸다.

"미친…… 대체 뭐야."

일본 3대 악귀 중 하나인 슈텐도지의 아버지이자, 치수治水 신화의 괴물. 저 괴물이 바로 '여덟 머리의 군주' 야마타노오로치였다. 아마 저 녀석에게 대적하면 나는 이빨에만 스쳐도 찢겨 죽을 것이다.

"싸, 싸워선 안 돼요. 절대로 이길 수 없어요."

아스카 렌의 중얼거림에, 넋이 나가 있던 한수영도 나를 붙잡았다.

"김독자. 설마 저런 거랑 싸울 거 아니지? 도망가자. 응?"

나는 대답하지 않았다. 거대한 머리가 다시 한번 소인종 무리를 휩쓸었다. 어항에 갇힌 물고기를 꺼내 먹는 것보다도 간단한 사냥이었다.

"아직 안 늦었어. 지금이라면 애들 구할 수 있어. 쟤들 빨리 데리고……."

콰드드득!

"야! 지금 쟤들 다 죽게 생겼다고!"

나는 한수영을 뿌리치며 말했다.

"조금 더 기다려."

지금 나서면 저 녀석은 절대로 토벌할 수 없다.

……조금 더, 조금만 더.

마침내 뱀 주둥이가 이지혜를 향했다.

젠장. 나는 반사적으로 자리에서 일어나 그쪽을 향해 달렸다. 하지만 뱀 머리가 조금 더 빨랐다.

그런데 그 순간.

시커먼 뭔가가 나를 스치고 달려갔다.

콰아아아앙!

폭음과 함께 뱀 머리 하나가 고통스러운 듯 비명을 지르며 땅에 처박혔다. 먼지구름이 걷히자 뱀 머리를 짓밟고 선 사내의 모습이 보였다.

특유의 냉정하고 오연한 눈빛.

"……김독자."

그래, 왜 이렇게 늦나 싶었지. 나는 씩 웃으며 말했다.

"늦었네, 유중혁."

똑같이 소인종이 되었는데도 유중혁에게서는 강력한 패기가 느껴졌다. 녀석은 보랏빛 광택이 도는 장도를 쥐고 있었다.

역시 그 칼을 구해 왔군.

우리는 말없이 서로를 힐끗 본 후 동시에 재앙을 향해 돌아섰다.

[성좌, '여덟 머리의 군주'가 당신에게 살의를 드러냅니다.]

식사 시간을 방해받은 야마타노오로치가 자신의 몸피를 부쩍 키우기 시작했다.

"비켜라, 김독자. 이 녀석은 내가 잡는다."

"아니, 이번에는 곤란해."

나는 유중혁의 앞으로 나서며 말했다.

[전용 스킬, '책갈피'를 발동합니다.]

심장에서 강력한 백청의 기운이 들끓는 것을 느끼며, 나는 천천히 눈을 깜빡였다.

"이번에는 내가 잡아야 하거든."

이번 시나리오에서 나는 지금껏 지켜온 불살의 원칙을 깰 것이다.

나를 노려보던 유중혁이 말했다.

"네놈 실력으론 무리다."

허공에서 메시지가 몰아쳤다.

[인간을 싫어하는 성좌들이 증오심을 드러냅니다.]

[폭력과 살육을 좋아하는 성좌들이 광분합니다.]

[인간을 싫어하는 성좌들이 당신의 죽음을 염원합니다.]

나는 재앙 측 화신들을 마주 보았다. 저들의 배후성 중 일부는 내가 아는 성좌였다. 다섯 번째 시나리오에서 비형 채널에 들어왔던, 내가 아는 누군가를 죽음으로 몰아넣은 도쿄 돔의 요괴 성좌들.

"약속했어. 그러니까 저놈은 내가 잡아야 해."

"약속?"

첫 번째 약속은 도깨비를 죽도록 패주는 것이었고, 두 번째 약속은 41회차의 신유승을 되살리는 것이었다. 그리고 마지막 세 번째 약속. 그것은.

"그 애를 죽인 성좌들에게 복수해주겠다고 약속했어."

이 말만으로도 유중혁은 이해했을 것이다. 어쩌면 세상에서 유중혁만이 이해할 수 있는 말일 테니까.

"그런 결론 양보 못 한다."

"……자식이 말귀 못 알아듣네 정말."

우리는 말을 마치기 무섭게 신형을 날렸다. 조금 전까지 서 있던 자리가 우지끈 무너지며, 거대한 뱀의 아가리가 새카만 어둠을 쏟아냈다.

[성좌, '여덟 머리의 군주'가 크게 격노합니다!]

정말 살 떨리는 존재감이었다. 진체도 아니고 성좌의 '그림자'일 뿐이다. 그마저도 겨우 한 줌의 개연성을 획득하여 딱 그만큼의 힘을 드러냈을 뿐인데 이 정도라니.

이것이 '설화급 성좌'의 위엄.

제정신이라면 절대로 싸우지 않았을 상대다.

「야마타노오로치. 일본에서는 고대 신화의 악귀로 풀이되는 존재. 현시점에서 놈을 상대할 수 있는 **방법은 하나뿐이다.**」

나는 유중혁이 쥔 검을 보며 말했다.

"토츠카노츠루기+束劍. 용케도 구해 왔구나."

원작의 3회차에서 유중혁은 저 검을 손에 넣지 못했다. 이번에는 그만큼 유중혁이 더 강해졌다는 뜻이겠지.

"……이 검을 아는군."

"알지. 유명한 검이니까."

토츠카노츠루기. 일본의 고대신 '스사노오'가 야마타노오로치를 벨 때 사용한 검이었다.

즉 머나먼 설화에서 야마타노오로치는 이미 한번 격퇴당한 적이 있다는 얘기다. 계백이 그랬고 만년백각오공이 그랬듯 '패배'의 역사는 설화적 존재에게 치명적인 약점을 낳는다.

구오오오오오!

여덟 개의 머리가 동시에 울부짖으며 핏빛 울음을 토했다.

[건방…진… 벌레…들.]

미친…… 진언까지 사용한다고?

[전용 스킬, '제4의 벽'이 강하게 발동합니다!]

단 한 마디에 일대는 초토화되었다.

소리를 들은 소인 중 절반 이상이 내장이 터져 죽어버렸고, 이지혜와 이길영도 피를 토하며 쓰러졌다. 심지어 재앙 중에도 칠공에서 피를 쏟는 놈이 있었다.

물론 '벽'이 있는 나, '정신 방벽' 레벨이 높은 유중혁은 견딜 수 있었다. 나는 도발하듯 입을 열었다.

"말도 잘 못하시는 것 같은데, 조용히 입 다물고 계시지."

다행히 녀석은 두 번째 진언을 사용하지 않았다. 충분한 개연성이 허락되지 않은 상태에서 진언 사용은 엄청난 개연성 낭비이기 때문이다. 그 대신 놈의 분노는 행동으로 이어졌다.

여덟 개의 머리가 동시에 폭염을 내뿜자 일대의 바닥이 용광로처럼 타올랐다. 우리는 재빠르게 내성의 벽을 타고 달렸다. 유중혁이 먼저 손을 썼다.

[등장인물 '유중혁'이 '거신화巨身化 Lv.2'를 발동합니다!]

역시 저 스킬도 전승됐군.

지금쯤이면 배웠을 것이라 생각은 했다. 도약한 유중혁의 몸이 허공에서 부풀었다. [거신화]는 일시적으로 체내 잠재력을 폭발시켜 거신의 힘을 흉내 내는 기술.

잠깐이지만, 유중혁은 '소인화'가 되기 전보다 더 강력한 힘을 가지게 될 것이다. 문제는 저 스킬은 지속 시간이 오 분밖에 안 된다는 것.

토츠카노츠루기에 새파란 파천강기의 마력이 덧씌워졌다. 벽면을 박차고 달리는 유중혁은 명백히 서두르고 있었다. 완전한 검강의 경지에 이른 파천강기가 에테르 블레이드를 줄기차게 뿜어댔다.

파천검도破天劍道.

절기絕技.

파천광황무破天狂皇武.

유중혁의 칼끝에서 뻗어나온 섬광이 수십 갈래로 갈라지더니 뱀 머리 하나를 통째로 난자했다. 토츠카노츠루기에 베인 상처에서 처참한 흑혈이 튀어 오르더니 여덟 개의 머리 중 하나가 썩어 들어가기 시작했다.

야마타노오로치를 죽일 수 있는 유일한 검.

저 검은 존재 자체로 '무대화'의 집약체 같은 아이템이었다.

[성좌, '여덟 머리의 군주'가 울부짖습니다.]

목을 하나 잘라냈지만 야마타노오로치는 건재했다.

놈을 죽이려면 머리 여덟 개를 모두 잘라야만 한다.

유중혁은 망설이지 않고 다음 머리를 향해 뛰었다. 전투가 너무 화려해서 끼어들 틈조차 없었다. 핏빛 꼬리와 머리들을 지그재그로 피하며 목을 베어가는 유중혁의 신위는 놀라울 정도였다.

주인공이 괜히 주인공이 아니다. 저런 녀석도 골백번 죽어 나는 곳이 멸살법의 세계였다. 새삼 끔찍하게 느껴진다.

"김독자! 구경만 할 셈인가? 아깐 네놈이 잡는다고 하지 않았나?"

순식간에 세 개의 머리를 처리한 유중혁이 숨을 헐떡이며 외쳤다. 자식, 슬슬 진이 빠지는 모양이지? 슬쩍 몸을 빼던 내가 씩 웃으며 대답했다.

"아, 막타를 내가 치겠다는 뜻이었어."

"이……!"

나는 여유롭게 체력을 관리하며 기다렸다. 아직은 때가 아니다.

반면 마음이 급해진 유중혁은 무시무시한 강기를 한꺼번에 토해내며 나머지 머리를 공략했다. 그러나 네 번째 머리를 베어 넘기는 과정에서 [거신화]가 해제되고 말았다.

크라라라라!

야마타노오로치의 남은 머리에서 제각기 폭염과 독액이 쏟아졌다. 유중혁은 기민한 움직임으로 피했지만, 날아드는 꼬리까지는 피해내지 못했다.

[등장인물 '유중혁'이 '호신강기 Lv.9'를 발동합니다!]

끝부분에 스쳤을 뿐인데, 유중혁은 그대로 날아가 성곽을 뚫고 내성에 틀어박혔다. 이내 무시무시한 먼지구름 사이로 유중혁이 피를 토하며 튀어나왔다.

"김독자! 진즉에 도우라고……."

"이제 하려고."

"멍청한 놈! 네놈 혼자서는 무리다! 지금은 물러선 후 나중에—"

"고생했고, 이제 구경이나 해."

['수련용 한철 팔찌'를 해제합니다!]

남은 뱀 머리 네 개가 나를 바라보는 순간, 팔다리에 채워둔 팔찌와 발찌가 일제히 바닥으로 떨어졌다. 그와 거의 동시에 나는 바닥에 떨어진 토츠카노츠루기를 주워들고 야마타노오로치를 향해 달렸다.

[5번 책갈피가 활성화됐습니다.]

[활성화 시간: 3분]

[등장인물에 대한 이해도가 상당하지만, 해당 등장인물의 수준이 너무 높아 스킬의 일부만 활성화됩니다.]

괜찮다. 일부라도 좋아.

[해당 스킬은 '소인'만 사용할 수 있습니다.]
[현재 당신의 육체 구성이 해당 등장인물의 육체 구성과 흡사합니다.]

어차피 내게 필요한 스킬은 하나뿐이니까.

[해당 등장인물의 수준이 너무 높아 스킬 수준을 온전히 재현할 수 없습니다.]
[활성화되는 스킬의 레벨이 강제로 조정됩니다.]
[전용 스킬, '전인화 Lv.10'가 활성화됐습니다.]

「인식의 크기는 곧 존재의 격을 결정하니, 이는 가장 작은 것에서도 아득한 우주를 볼 수 있음이라.」

멸살법에서 키리오스가 남긴 구절이 머릿속을 스쳐 지나갔다. 주변을 흐르는 마력의 흐름이 변했다. 마력은 곧 입자가 되어 공명하기 시작했고 점점 더 거칠게 떨었다.

「고로 태초太初는 하나의 점이니, 가장 작은 것이 가장 위대하다.」

뇌리 깊은 곳에서 뭔가가 터지는 듯한 소리가 났다. 어쩌면 빅뱅의 시원음始元音 같은 것이었을지도 모른다. 눈을 떴을 때,

내 몸은 백청의 뇌전으로 뒤덮여 있었다. 마치 나라는 존재가 한 줄기 번개가 된 것 같았다.

맹렬한 힘이 내 안에서 몸부림쳤다. 뭐든 할 수 있을 것 같은 기분이었다. 하늘을 뚫으려 한다면 하늘을 뚫을 것이고, 바다를 가르려 한다면 바다를 가를 것이다. 그리고 목을 베려 한다면.

그 목은, 반드시 떨어질 것이다.

첫발을 내딛자 굉음이 울려 퍼졌고, 두 번째 발을 내딛자 뱀의 목이 코앞에 있었다. 세 번째 발을 내딛자 백청의 뇌전에 공간이 비명을 질렀고, 마침내 네 번째 발을 내디뎠을 때……

나는 가공할 후폭풍을 남기며 야마타노오로치를 지나쳐 있었다.

뇌전이 튀는 발이 후들거렸고, 코와 입에서 피가 쏟아졌다.

온몸이 감전된 것처럼 비틀거렸다. 뒤를 돌아보니 칼날에 베인 머리 세 개가 하릴없이 바닥으로 떨어지고 있었다. 나는 마력 회복 물약을 미친 듯이 들이켜며 부들거리는 손을 바로 잡았다.

[성좌, '여덟 머리의 군주'가 당신의 전투력에 경악합니다!]

순식간에 목이 하나밖에 남지 않은 야마타노오로치가 고통에 몸부림치고 있었다.

[성좌, '여덟 머리의 군주'가 시나리오 형평성에 의문을 제기합니다!]

나는 비치적거리면서도 웃었다.

"……지금 누가 누구한테 형평성을 제기하는 거냐?"

[전인화]의 유지 시간은 삼 분이지만, 지금 내 육체로는 앞으로 세 걸음 넘게 디딜 자신이 없었다.

즉 세 걸음 안에 놈을 죽여야만 한다.

허공에서 스파크가 튀더니 이번에도 빌어먹을 목소리가 들려왔다.

[이런, 모처럼 격이 높은 분께서 추한 꼴을 당하고 계시는군요.]

슬슬 목소리가 들려올 거라 생각했다. 허공에 뜬 중급 도깨비 가눌이 이쪽을 내려다보고 있었다.

[……이것 참. 이대로 두고 볼 수도 없고. 큰일인데 이거.]

말투와 달리 놈은 그다지 간섭하려는 기색이 아니었다.

[성좌, '여덟 머리의 군주'가 분노에 울부짖습니다.]

[흐음, 이번엔 떼를 쓰셔도 안 됩니다. 마음은 알겠지만 이번 시나리오에서 허락된 개연성을 모두 쓰셨습니다. 더는 '그

분들'이 힘을 빌려주지 않으신단 말입니다.]

야마타노오로치의 원통한 포효가 피스 랜드 전역을 뒤덮었다. 설화급 성좌인 야마타노오로치가 처음 겪어보는 굴욕이었다.

누군가에게 구경거리가 된다는 것.

그 구경거리의 희생양이 이번에는 자신이라는 것.

그와아아아아!

분노 때문일까. 머리가 하나밖에 안 남았는데도 야마타노오로치의 힘은 오히려 점점 상승하고 있었다.

"왕을 지켜라!"

순간 이지를 되찾은 재앙들이 이쪽을 향해 달려왔다. 절대 왕좌의 힘이 발동한 것이다. 머릿속으로 도깨비 영기의 메시지가 들려왔다.

—도, 독자 어르신. 채널이 터지려고 합니다. 간접 메시지를 잠시 막아두겠습니다!

이제 키리오스의 힘까지 쓰고 있으니 온갖 종류의 성좌가 죄다 몰려와서 나를 구경 중이겠지.

"막아!"

정신 차린 우리 일행도 재앙을 막으러 달려왔다. 피 칠갑을 한 이현성이 선두에 섰고 소인과 공필두의 포격이 지원했다.

그사이, 야마타노오로치는 최후의 반전을 준비하고 있었다.

[아니, 잠깐만! 이보세요 성좌님! 지금 무슨⋯⋯!]

야마타노오로치의 화신, 이즈미의 전신에서 불길한 전류가 튀었다. 개연성 후폭풍의 징조였다. 당황한 도깨비가 외쳤다.

[이, 이보세요! 지금 돌아버리셨습니까? 관리국! 비상사태입니다!]

'여덟 머리의 군주', 야마타노오로치의 목표가 무엇인지는 알 법했다. 그는 화신과의 불공정 계약을 통해 이즈미의 신체를 손에 넣었고, 그를 이용해 자신의 설화를 확장하려 하고 있었다. 아마도 녀석의 목적은 백요계를 부활시키는 것.

쿠구구구구구!

뒤늦게 도깨비가 시스템 제어권을 사용했으나 안타깝게도 때는 늦고 말았다.

거대한 하늘 위로 열리는 그레이트 홀. 나는 야마타노오로치가 선을 넘었음을 깨달았다. 설마 절대왕좌에 허락된 개연성까지 빌려올 줄이야.

"아아, 아……!"

모두가 하늘을 보며 숨을 삼켰다.

[누군가가 시나리오 시스템에 간섭했습니다.]

그레이트 홀 너머에서 넘실거리는 불온한 존재.

혼돈. 무질서. 공허. 그 모든 공포의 기원이 되는 무엇.

그 존재가 야마타노오로치에게 개연성을 빌려주고 있었다.

파츠츠츠츳!

개연성이 허락되자 하나 남은 뱀 머리의 그림자가 더욱 커지기 시작했다. 커지고, 더 커지고. 성채를 넘어 이 행성 전체를 덮어버릴 때까지.

[치수…의 검… 따위로……!]

화신이고 소인이고 할 것 없이 바닥에 쓰러진 모든 존재가 신음하며 칠공에서 피를 토했다. 무시무시한 격의 차이가 중압감이 되어 내 몸을 짓눌렀다. 무릎이 강제로 바닥을 향했다.

모든 것이 최악으로 치닫고 있었다.

[고작… 인…간이, 위…대한… 별을… 거스르…는가……!]

본능적으로 깨닫는다. 저건 [전인화]를 사용하더라도 이길 수 없다. 내 수준에서는 죽었다 깨어나도 이길 수 없는 적이다. 그럼에도 불구하고 나는 웃었다.

"넌 방금 최악의 실수를 한 거야."

스타 스트림의 섭리는 균형. 누군가가 개연을 파괴하면 다른 누군가는 개연을 얻는다. 그러니 이제 저울눈은 맞춰질 것이다.

쿠드드드드!

멀리서 빠른 속도로 다가오는 무시무시한 기운이 느껴졌다. 야마타노오로치도, 그레이트 홀 너머에 있는 미지의 신격도 아닌 이. 그러나 이곳에 있는 누구도, 그 고고한 존재를 무시할 수 없었다.

[언제부터 이계의 신격이 시나리오에 간섭하게 되었지?]

그는 이 행성에서 태어난 절대자.

[내 행성의 일에 끼어들지 마라. 내 설화가 시작된 곳에서

나와 맞서고 싶지 않다면.]

역설의 백청, 키리오스 로드그라임.

[물러서라! 이계의 괴종이여!]

키리오스의 검극에서 뻗어나온 뇌전이 하늘을 향해 치솟았다. 설화급 성좌에게 조금도 밀리지 않는 강력한 힘. 본신의 힘을 드러낸 키리오스의 전격은 촉수의 끝을 부수고 강제로 그레이트 홀 입구를 닫아버렸다. 개연을 잃은 야마타노오로치의 힘이 급감하기 시작했다.

[그…아…아…! 네놈…은…!]

나는 그 틈을 놓치지 않고 마력을 끌어올렸다. 전신의 모든 마력이 흘러 들어간 토츠카노츠루기가 백청의 울음을 토했다. 이제 [전인화] 상태로 세 걸음을 더 디딜 수 있다. 그 안에 승부를 내야 한다.

야마타노오로치의 그림자가 환영처럼 새카만 어둠을 내뿜기 시작했다. 녀석 역시 이 한 방에 결착이 날 것을 알았으리라. 나는 입술을 꾹 깨문 채 집중했다. 만약, 이게 실패하면—

[성좌, '여덟 머리의 군주'가 눈살을 찌푸립니다!]

그때, 어둠 속에서 희미한 스파크가 튀어 올랐다. 다른 성좌의 간섭이나 도깨비의 개입은 아니었다. 누군가가 야마타노오로치의 힘에 저항하고 있었다. 새카만 야마타노오로치의 그림자 속에서 사람의 얼굴이 하얗게 떠올랐다. 나는 그가 누구인지 바로 알아보았다.

[성좌, '여덟 머리의 군주'가 격노하며 자신의 화신에게⋯⋯!]

야마타노오로치의 화신, 이즈미 히로키. 자신의 모든 삶을 바쳐 배후성에 거역하는 그가 내게 말하고 있었다.

「끝내주십시오.」

오래도록 시달린 끝에 마침내 자신의 결말에 도달한 얼굴.

「부디, 저 먼 별들을, 모두.」

나는 고개를 끄덕였다. 이즈미는 알고 있었다. 야마타노오로치는 그를 놓아주지 않을 것이다. 여기서 이즈미를 죽이지 않으면 그의 영혼은 영원히 꼭두각시에서 벗어나지 못한다. 나는 칼자루를 꾹 눌러 쥐었다.
하나의 생명을 살리기 위해 하나의 생명을 죽인다.
이기적인 검이 움직였고, 뭔가가 바닥에 굴러떨어졌다.

[당신은 동족을 살해했습니다.]
['불살의 왕'의 칭호를 박탈당했습니다.]

심대한 타격을 받은 야마타노오로치의 별자리가 깜빡거렸다.

끔찍한 비명과 함께, 성좌의 그림자가 재가 되어 흩날리기 시작했다.

[믿을 수 없는 업적을 달성했습니다.]

[당신은 시나리오 최초로 '재앙의 왕'을 사냥했습니다!]

[해당 시나리오에 강림한 '재앙의 왕'의 예상 급수를 매길 수 없습니다!]

[존재하지 않는 설화를 달성했습니다.]

[불가능한 시나리오 완수로 인해 '서울 돔'과 '도쿄 돔'의 모든 도깨비가 긴급 대책 회의에 들어갑니다.]

[메인 시나리오의 클리어 조건을 충족했습니다!]

나는 별자리로 빛나는 하늘을 올려다보며 생각했다.

너희는 모를 것이다.

그토록 힘들고 처절하게 달려 간신히 출발점에 선 사람의 기분을.

[축하합니다! <스타 스트림>이 당신의 격을 인정했습니다.]

[당신은 총 4개의 설화를 이룩했습니다.]

여섯 번째 시나리오의 끝.

나는 드디어 내가 원하는 결말을 향한 출발점에 도착했다.

[이제 당신은 성좌가 되기 위한 마지막 설화를 쌓아야 합니다.]

26
Episode

시나리오 파괴자

1

[업적 보상으로 200,000코인을 획득했습니다.]

[현재 주요 공헌자를 중심으로 보상을 논의 중입니다.]

야마타노오로치의 화신인 이즈미가 사망한 후 남은 재앙들은 곧바로 항복해왔다. 숨어 있던 반재앙 측 인사들도 속속 합류했다.

"당신이 미치오가 말한 김 도게자란 사람이군."

나는 그의 얼굴을 알아보았다. 내가 아스카 렌을 찾았듯이 유중혁 또한 일본 측 인사를 찾아냈다. 나는 고개를 끄덕이며 알은체했다.

"기즈키 타카시."

"날 아시오?"

"토츠카노츠루기의 히든 시나리오를 당신이 가지고 있었죠."

"오호, 맞소. 유중혁 군에게 들은 모양이군."

물론 들은 적은 없다. 원작을 읽어서 알 뿐이지. 내가 기억하기로, 이자는 야마타노오로치의 신화와 관계된 후대의 배후성을 가지고 있다.

"진짜로 '여덟 머리의 군주'를 죽일 줄이야…… 당신 덕분에 많은 게 해결됐군. 이 은혜는 반드시 갚겠소."

나는 가볍게 묵례를 해 보였다. 해결이라. 과연 내가 한 일을 그렇게 불러도 될까.

"김 상."

고개를 돌리자 우울한 표정의 미치오 쇼지가 보였다. 나는 잠시 그의 얼굴을 살피다 입을 열었다.

"이즈미 씨 일은 유감입니다."

"아뇨. 김 상 잘못이 아닙니다. 그건……."

미치오 쇼지는 길 잃은 강아지 같은 눈으로 나를 한 번 보고는 이내 고개를 푹 숙였다. [전지적 독자 시점]을 쓰지 않아도 그의 안에서 복잡하게 피어나는 상념을 느낄 수 있었다. 백요의 왕 이즈미 히로키는 그의 영웅이었다. 그리고 나는 그 영웅을 죽인 사람이다.

미치오 쇼지가 다시 고개를 들어 나를 보고 있었다.

"김 도게자 씨."

"예?"

"언젠가 꼭 당신과 같은 전장에서 다시 싸우고 싶습니다."

감정을 주체하지 못해 붉게 물든 눈동자. 지금 그가 꺼낼 수 있는 최선의 말이었을 것이다. 나는 고개를 끄덕이며 말했다.

"전에도 말씀드린 것 같은데, 제 이름은 김 도게자가 아니라……."

"그때는 반드시! 당신을 넘어설 겁니다!"

우렁차게 외친 미치오 쇼지는 만화 속 한 장면처럼 주먹을 불끈 쥔 채 뒤돌아 달려갔다. 처음부터 끝까지 한결같은 사람이었다.

[바다와 폭풍의 코에서 태어난 성좌가 자신의 수식언을 드러냅니다.]
[성좌, '뱀을 베는 자'가 화신 '미치오 쇼지'에게 관심을 가지고 있습니다.]

허공에서 들려온 메시지에 나는 조금 놀랐다.

이번 회차의 '뱀을 베는 자'는 이즈미가 아니라 저 사람을 선택할 모양이었다. 미치오 쇼지는 이즈미 히로키만큼 재능 있는 화신은 아니지만, 근면하고 꾸준한 노력파였다.

미치오 쇼지와 기즈키 타카시, 그리고 아스카 렌. 세 사람이 있는 한 도쿄 돔도 당분간은 큰 문제 없이 굴러갈 것이다.

[성좌, '뱀을 베는 자'가 당신에게 호의를 가지고 있습니다.]

성좌 '뱀을 베는 자'는 SSS급 아이템 토츠카노츠루기의 본래 주인인 일본의 고대신 '스사노오'였다.

나는 유중혁에게 돌려준 토츠카노츠루기를 흘끗 바라보았다. 날이 대부분 상해 있었다. 전승에서도 야마타노오로치를 벨 때 부러졌다고 되어 있으니 이상한 일은 아니었다.

유중혁이 뭘 보냐는 듯 이쪽을 마주 노려보는 순간, '엘라인 숲의 정기'를 먹고 잠들어 있던 일행들이 하나둘 깨어났다.

"아, 이번엔 정말 죽는 줄 알았네."

이지혜는 일어난 뒤에도 이마를 짚고 한참이나 머리를 흔들었다. 야마타노오로치의 진언을 직접 들은 타격 때문이겠지.

"아니, 그거 대체 뭐였어? 몇 마디 들었다고 이런 꼴이……."

"소위 시절, 사령관님이 기습 방문 했을 때도 이렇지는 않았습니다."

하여간 비유를 해도. 고개를 절레절레 흔들며 군복을 정리하는 이현성을 향해 누군가가 말을 걸었다.

"그새 살 만해진 모양이군, 이현성."

"유, 유중혁 씨."

사령관 유령이라도 본 것처럼 이현성의 얼굴이 창백해졌다.

"내 그룹을 따라오라고 했을 텐데. 왜 말을 안 들었지?"

"그, 그건……."

이현성이 바들바들 몸을 떨며 내 쪽을 흘끗거렸다. 어떻게든 해달라는 얼굴이었지만 내가 뭘 할 수 있을 리 없었다. 유중혁은 이현성을 잠시 노려보더니 이내 등을 돌려 멀어졌다.

"아저씨."

신유승이 내 옷소매를 잡고 있었다. 응석이라도 부리듯 올려다보던 녀석이 폭 하고 품에 안겼다. 나는 신유승의 등을 가볍게 두들겨주었다.

"힘들었지? 고생했어. 잘 버텨줬구나."

그럴듯하게 칭찬해주고 싶었지만 해줄 말이 이것뿐이었다. 신유승이 품속에서 고개를 흔들었다.

"형, 전 별로 안 힘들었어요."

그새 끼어든 이길영이 신유승을 밀치고 품 안으로 들어왔다. 티격태격하긴 해도 서로 꽤 친해진 모양새였다. 역시 아이는 아이가 제일 잘 이해하는 법이다. 둘이 함께 남겨둔 보람이 있었다.

"아이들에게 인기가 많으시군요."

고개를 돌리자 한 소인이 부럽다는 얼굴로 나를 보고 있었다. 아는 얼굴이었다. 이 행성인 중 최초로 재앙과 싸웠던 자. 그러니까 이름이…… '길레미엄'이었나?

"저녁에 왕정 연회가 있을 예정입니다. 내성이 거의 붕괴해버려서 규모는 초라하겠지만…… 괜찮으시다면 여러분을 초대하고 싶습니다."

나는 허공을 올려다보았다.

[시나리오 종료까지 남은 시간: 一일]

[현재 '재앙의 왕'이 부재합니다.]

[재앙 측의 시나리오 포기 의사로 현재 여섯 번째 시나리오가 조기

종료 예정입니다.]

곳곳에 흩어진 재앙들 때문에 시간이 조금 걸리는 듯하지만, 곧 기즈키 타카시가 피스 랜드 전역을 돌고 나면 시나리오는 자동 종료될 것이다.

연회라면…… 놀고 마시는 그건가?

어, 혹시 그렇다면?

"알겠습니다. 참석하죠."

¤ ¤ ¤

"술을 좋아하시는 모양입니다."

"뭐…… 요새 통 보기 힘드니까요."

나는 길레미엄의 도움으로 왕성 창고에 남아 있던 증류주를 잔뜩 가져왔다. 피스 랜드의 술은 알코올 도수가 무척 낮은 편이라서 내가 원하는 술을 만들기 위해서는 양이 많이 필요했다.

[성좌, '뱀을 베는 자'가 당신의 양조법에 관심을 가집니다.]

나는 사람만 한 들통에 술을 한가득 쏟아부은 뒤, 가지고 있던 재료를 모두 던져 넣고 휘젓기 시작했다.

['여덟 머리의 군주'의 여덟 번째 머리].

['여덟 머리의 군주'의 일곱 번째 꼬리].

야마타노오로치를 격퇴하고 나온 부속물들이었다. 진체가
아니기에 제대로 된 부속이라기보다는 파편에 불과했지만, 그
래도 설화급 성좌의 힘이 담긴 조각이었다.

알아챈 이는 유중혁뿐이었다.

"그 '히든 피스'를 아는군."

"괜히 예언자겠냐? 네 칼이나 줘봐."

내가 무엇을 하려는지 아는 유중혁은 순순히 칼을 내놓았
다. 나는 유중혁에게 받은 토츠카노츠루기를 술에 던져 넣었
다. 원래는 이렇게 만드는 게 아니지만 나름의 편법이었다.

토츠카노츠루기가 부글거리며 술 속에 녹아들었다.

[설화가 당신의 행동에 의미를 부여합니다.]

[성좌, '여덟 머리의 군주'와 성좌, '뱀을 베는 자'의 설화가 결합합니다.]

[올바르지 않은 전승으로 설화의 일부가 훼손됩니다.]

훼손되는 건 아쉽지만 어쩔 수 없다.

[설화, '아마노무라쿠모노츠루기'가 발현합니다!]

전승에 따르면 아마노무라쿠모노츠루기는 술에 취한 야마

타노오로치의 꼬리를 베어 나온 칼이었다. 하지만 편법으로도 획득할 수 있다. 어쨌든 술에 절기만 하면 되니까.

이지혜가 의심스럽다는 듯 물었다.

"귀한 술에 왜 칼을 집어넣어?"

"기다려봐."

잠시 후 신비한 아우라가 술독 전체에서 흘러나오더니, 물 결치는 술 위로 백광을 흘리는 검 한 자루가 솟아올랐다.

[성유물, '천총운검天叢雲劍'이 나타났습니다!]

역시 나왔군. 멸살법에 틀린 건 하나도 없다니까.

유중혁이 먼저 손을 뻗었다.

"이건 내 것이다."

"야! 같이 잡았잖아."

"내가 다 잡은 거였다."

평소라면 억지를 부렸겠지만 이번만큼은 유중혁의 눈빛도 진심이었다.

빌어먹을 자식. 물론 칼이 내 목적은 아니었지만, 이런 식으로 눈앞에서 성유물을 빼앗기는 것도 속 쓰린 일이었다.

여기서 놈이랑 싸울 수도 없고 해서 별수 없이 손을 떼는 순간.

[성유물, '초체검草薙劍'이 나타났습니다!]

술독에서 검 한 자루가 더 솟아났다.

······어? 머릿속에서 멸살법의 내용이 빠르게 흘러갔다.

「이름은 설화를 낳고, 설화는 곧 실재를 재현한다. <스타 스트림>의 세계에서 '아마노무라쿠모노츠루기'의 이름은 총 다섯 개. 즉 아마노무라쿠모노츠루기는 '한 자루'가 아니었다.」

나는 바로 깨달았다.

아마노무라쿠모노츠루기의 이름 전승은 총 다섯 개.

그러니까 이 검은 멸살법에서 언급만 되고 등장하지 않은 다른 네 자루 중 하나인 것이다. 나는 재빨리 그 검을 쥐며 말했다.

"그럼 이건 내 거야. 불만 없지?"

"그건······."

유중혁은 눈을 가늘게 뜬 채 나를 노려보더니 이내 등을 돌렸다.

"맘대로 해라."

안도의 한숨이 흘러나왔다. 착 하고 손에 감기는 칼자루의 느낌이 만족스러웠다.

아마노무라쿠모노츠루기 시리즈의 두 번째, 초체검.

용살龍殺의 힘이 담긴 이 검만 있다면, 앞으로 만날 용족도 두렵지 않다. 곁에서 보던 이지혜가 입술을 비죽였다.

"남자들이 칼 한 자루 가지고 쩨쩨하게······."

이지혜는 술독을 콕콕 찔러보더니 장난스럽게 말을 이었다.

"다 끝났으면 이거 마셔봐도 돼?"

"미성년자가 무슨 술을……."

이지혜만이 아니었다. 사람들이 황금빛으로 넘실대는 술독 근처에 잔뜩 몰려와 있었다. 다들 술이 어지간히 고팠던 모양이다. 하긴 냄새만 맡아도 취할 지경이니.

"드셔보세요."

내 허락이 떨어지자마자 사람들이 술을 퍼마시기 시작했다.

"우오오옷, 어떻게 이런 맛이!"

"천상의 술이다!"

황금빛 술을 연신 들이켜며 해롱해롱 감탄사를 내뱉었다. 성좌의 부속물을 마력으로 발효한 술이니 맛이 좋을 수밖에 없을 것이다. 게다가 저 술은 마시고 일어나면 능력치 상승 효과도 있다. 미미하긴 하지만.

나는 사람들을 하나씩 살피다가 유중혁을 향해 물었다.

"넌 안 마시냐?"

자세히 보니 유중혁은 간단한 요리를 만들고 있었다. 야채랑 고기를 듬성듬성 썰어 구운 산적이었다. 야외 파티라서 소인종이 가져온 식재가 근처에 한가득 쌓여 있기는 했다. 하지만 그 '유중혁'이 요리를 하다니…….

유중혁이 냉랭한 어투로 말했다.

"나는 타인이 만든 건 먹지 않는다."

"왜, 독이라도 탔을까 봐?"

"맛이 없기 때문이다."

"네놈이 만든 건 얼마나 맛있다고……."

나는 그렇게 말하고는 유중혁이 만든 산적을 재빠르게 한 입 베어 먹었다.

그런데…… 아니, 이거 뭐야?

옆에서 요리를 돕던 이설화가 웃으며 물었다.

"맛있죠?"

"……예."

빌어먹게도 맛있었다. 정말로 맛있었다. 아니, 내가 지금까지 먹어본 요리 중에 제일 맛있었다. 이 고기 꼬치가 대체 뭐라고? 무표정한 유중혁의 입꼬리 한쪽이 재수 없게 올라가 있었다.

젠장.

아무리 회귀자라고 해도 어떻게 저 자식은 요리까지 잘하는 거지?

속으로 웅얼거리며 슬그머니 자리를 피하는데, 어디선가 악기 소리 같은 것이 들려왔다. 아주 잔잔하면서도 중후한 멋이 있는 음악. 소리를 따라 고개를 움직이자 성채 꼭대기에 있는 인형이 보였다.

유중혁 뺨치게 잘생긴, 세상에서 제일 작은 미남.

키리오스 로드그라임이 그곳에 있었다.

난간에 앉은 채 먼 하늘을 올려다보며 비올라를 켜고 있었다. 부드럽게, 때로는 구슬프게. 멀고 아련한 그리움. 왁자하게 떠들던 사람들이 하나둘 말을 멈추고 그 음악을 들었다. 과장된 열기가 조금씩 식어갔다.

누군가 눈시울을 붉혔고, 그다음에는 옆 사람이 울음을 터뜨렸다. 전염된 듯 소인들이 모두 울기 시작했다. 울어야 하는 순간을 놓치고, 오로지 달려오기 바빴던 사람들이 모두 눈물을 흘리고 있었다.

피스 랜드의 주민 또한 시나리오를 겪는 존재. 그것은 불행한 그들의 고향을 위로하는 음악이었다.

나도 멜로디를 들으면서 술을 조금 마셨다. 곁을 보니 아스카 렌이 다가와 있었다. 그녀는 아직 일본 그룹과 합류하지 않았다.

"렌 씨, 혹시 한수영 보셨습니까?"

"아. 그게, 제가 설정 몇 개를 알려드렸더니 갑자기 갈 곳이 있다면서……."

그렇군. 어쩐지 안 보인다 했더니 그새 또 히든 피스를 찾으러 떠난 건가. 그 녀석답다.

부서진 성채의 폐허 사이로 은은하게 비올라 소리가 울려 퍼졌고, 나는 상기된 아스카 렌의 얼굴을 바라보았다. 오랜 꿈의 마지막에 닿은 사람은 이런 얼굴을 하게 되는 모양이다.

왠지 지금이라면 물을 수 있을 것 같았다.

"기분이 어떠십니까?"

"묘해요."

그녀는 잠시 머뭇거리다 말을 이었다.

"포기하지 않아야 했구나, 하는 생각이 들었어요."

무엇을 말하는지 바로 알 수 있었다. 그녀는 한참이나 입술을 달싹이다가 눈가를 가볍게 닦아내면서 물었다.

"누군가는 제 만화를 보며 이런 장면을 생각해줬을까요?"

"분명 그랬을 겁니다."

아스카 렌은 슬프게 웃으며 한참이나 자신의 손을 내려다보았다. 붉어진 뺨을 보니 취기가 많이 오른 듯했다.

"갑자기 그런 생각이 들어요. 소인들처럼, 어쩌면 저 역시 누군가가 만든 세계의 일원은 아닐까 하는……."

나는 잠깐 멈칫하다가 대답했다.

"그런 게 중요하지 않은 세계가 됐을지도 모르죠."

"네?"

"설령 그런 누군가가 존재한다 해도, 우리에게 그 사실을 알려주지는 않을 겁니다."

"아……."

잠시 생각하던 아스카 렌이 희미하게 웃었다.

"역시 부럽네요. 독자 씨를 '독자'로 둔 작가가."

나는 쓰게 웃었다. 내가 좋아하는 소설을 쓴 작가가 누구인지 아직 모른다.

"전에 그런 말씀을 하셨죠. 피스 랜드는 당신이 만든 게 맞지만, 사람들을 여기로 부른 건 당신이 아니라고."

"아, 그거…… 실은 연재가 끝난 직후 갑자기 메일이 왔어요. 제 만화의 설정을 조금 빌리고 싶다고……."

뜻밖의 말에 나는 조금 놀랐다. 멸살법에 이런 이야기는 없었다.

"설정을 빌려요?"

"네. 그땐 별생각이 없어서 마음대로 하라고 답장했는데, 생각해보니까 그러고 나서 얼마 지나지 않아 이 사태가 벌어져서……."

"혹시 정확한 내용을 기억하십니까? 가령 메일 주소라든가."

"답장하자마자 갑자기 관련 메일이 싹 다 지워졌어요. 그래서 주소까지는……."

"그렇군요."

내 목소리에 뭔가 미안해졌는지, 아스카 렌이 머뭇거리며 말을 덧붙였다.

"……저, 음. 정확히는 모르겠는데, 메일 주소가 't'로 시작했던 것 같기도 해요."

t라고?

나는 일순 멍해졌다가 반사적으로 되물었다.

"혹시…… 'tls123' 아닙니까?"

tls123. 바로 멸살법 작가의 아이디였다.

아스카 렌이 눈을 동그랗게 뜨며 되물었다.

"tls123……?"

나는 다급히 그녀를 채근했다.

"기억나십니까?"

"잘 기억이…… 어?"

"왜 그러시죠?"

잠시 눈을 깜빡이던 아스카 렌의 동공이 멍하게 변해 있었다. 그녀의 몸에서 희미한 스파크가 튀어 올랐다.

"■■■…… ■■"

응? 나는 깜짝 놀라 물었다.

"방금 뭐라고 하셨습니까?"

"……네?"

"그러니까, 방금 하신 말씀……."

"무슨 말씀이세요?"

아무것도 모르겠다는 아스카 렌의 얼굴. 갑자기 불길한 감각이 스쳤다. 나는 곧바로 [등장인물 일람]을 가동했다.

[전용 스킬, '등장인물 일람'을 발동합니다!]

〈인물 정보〉

이름: 아스카 렌

나이: 31세

배후성: 이천일류의 달인

전용 특성: 피스 랜드의 창조주(전설), 만화가(희귀)

전용 스킬: [검도 Lv.7] [펜촉을 검으로 Lv.4] [그럴싸한 보법 Lv.5] [상상력 자극 Lv.4]……

성흔: [이천일류 Lv.3]

종합 능력치: [체력 Lv.55(현재 Lv.17)] [근력 Lv.55(현재 Lv.17)]

[민첩 Lv.49(현재 Lv.11)] [마력 Lv.54(현재 Lv.16)]

종합 평가: 현재 종합 평가가 수정 중입니다.

멸살법에서 본 대로, 이 여자는 '피스 랜드의 창조주'가 틀림없다.

그런데…… '수정 중'이라고?

다음 순간, 나는 눈앞에서 특성창 내역 하나가 통째로 사라지는 장면을 목격했다. 뭉쳤던 모래가 흩어지듯이 문자가 하나씩 스러졌다.

전용 특성: 만화가(희귀)

아주 천천히, 등줄기에서 소름이 돋았다. 왜 갑자기 '피스 랜드의 창조주'가 없어졌지? 그 어떤 대성좌라 해도 이런 이적은 불가능했다.

고개를 갸웃하던 아스카 렌이 물었다.

"죄송한데 저희가 무슨 이야길 하고 있었죠?"

"……렌 씨 작품에 관해 이야기하고 있었습니다."

"제 작품이요?"

아스카 렌은 아무것도 기억하지 못하는 얼굴이었다. 피스 랜드도, 자신이 만든 설정도 떠올리지 못하는 표정.

「그 순간, 그녀는 그 세계가 완전히 자신의 손을 떠났음을 깨달았다.」

머리가 지끈거리면서 아파왔다. 그런 문장이 멸살법에 있었던가?

모르겠다. 다만 한 가지는 확실히 알 수 있었다. 고적한 밤을 울리는 비올라의 선율. 드문드문 들려오는 소인들 노랫소리. 고적된 감정이 빚어낸 슬프고도 풍요로운 분위기가 그것을 확신케 했다.

바로 이 순간이 '피스 랜드'라는 세계의 완결이라는 것.

이제 이 이야기에는 보탤 것이 없었다. 마침내 하나의 이야기가 한 명의 작가에게서 완전히 독립했다. 그렇게 생각하자 갑자기 아스카 렌에게서 특성명이 사라진 이유도 이해될 것 같았다.

세계가 완성되는 순간, 작가는 창조주의 직위에서 내려와야만 한다.

나는 문득 궁금해졌다.

그렇다면 끝이 난 이야기는 어디로 가게 되는가.

[당신은 행성 '피스 랜드'를 알게 됐습니다.]

['피스 랜드'에 소속된 모든 존재가 당신의 시선을 희미하게 느낍니다.]

[작은 행성의 작은 성좌가 당신의 존재에 기뻐합니다.]

['피스 랜드'의 존재들이 당신에 관한 전설을 쓰기 시작합니다.]

우습게도, 물으나 마나 한 일이었다.

……그런가. 작가를 떠난 이야기가 향할 곳이란 애초부터 정해져 있으니까. 그 후 나는 아스카 렌에게 몇 가지를 더 물어보았고, [거짓 간파]까지 사용했다. 하지만 그녀는 정말로 아무것도 기억하지 못했다.

"미안해요, 정말 모르겠어요. 읽어본 만화 같기는 한데……."

자신이 그린 이야기를 읽어본 것 같다, 라니. 어쩐지 기분이 울적해졌다. 잠시 눈을 감고 뭔가 헤아리던 아스카 렌이 말을 이었다.

"근데 저도 재미있게 읽었던 것 같아요. 틀림없이…… 그랬을 거예요."

안타깝게도 간신히 닿았던 tls123에 관한 정보는 거기서 그치고 말았다. 멸살법의 작가가 어떤 존재이며 무엇을 원하는지는 여전히 오리무중이었다. 하지만 적어도 한 가지는 어렴

풋이 알 것 같기도 했다.

아마도 멸살법의 작가는, 나만큼이나 기존 결말에 만족하지
못한 것이리라. 그래서 이 세계가 끝나기 전에 내게 소설 파일
을 준 것이리라.

그렇다면 그 기대를 충족시켜줘야겠지.

나는 풍광을 음미하는 아스카 렌에게게서 물러나, 품속에 넣
어두었던 작은 앰플을 꺼냈다.

[고대 뱀의 성혈聖血].

성좌의 부속과 함께 얻은 아이템이었다. 내가 신호를 보내
자, 멀찍이 떨어져 있던 이현성이 고개를 끄덕이고는 다가왔
다. 이현성은 술을 마시지 않은 상태였다. 미안하지만 그에게
는 오늘 맡길 일이 있었다.

"그럼 부탁합니다."

"맡겨주십시오."

이현성에게는 내 경호를 부탁했다. 왜냐하면 나는 당분간
쓰러질 예정이니까. '고대 뱀의 성혈'을 술잔에 타자 황금빛으
로 넘실대던 술이 검붉은 포도주 빛깔로 화했다.

[당신은 '고대 뱀의 성혈'로 만든 술을 마셨습니다.]

[욕심 많은 뱀의 가호가 당신의 정신력을 시험합니다.]

이것은 3회차의 유중혁도 알지 못하는 히든 피스였다. 오직 성혈을 섞은 야마타노오로치의 뱀술로만 행할 수 있는 의식. 이게 없었더라면 '불살의 왕' 같은 좋은 특성을 포기하지는 않았을 것이다.

[뱀이 당신에게서 용살의 자격을 확인했습니다.]
[새로운 특성, '여덟 개의 목숨'이 개화를 준비합니다.]

됐다. 개화 준비는 끝났으니 이제 자고 일어나면 새로운 특성이 만들어져 있겠지. 일단 하나는 끝났고, 다른 하나가 문제인데…….

남은 술을 몽땅 입속에 털어 넣으니 급격하게 취기가 밀려오며 어지러워졌다. 하지만 바로 잠들어서는 안 된다. 나는 자리에 주저앉아 바닥에 메시지를 썼다.

'술과 황홀경의 신이시여.'

웬일일까. 이처럼 흥겨운 분위기에도 디오니소스는 아무 응답이 없었다. 페르세포네 쪽도 마찬가지였다. 곤란한 상황이었다. 과업을 완수했는데 정작 나를 명계에 데려다줄 존재가 없다니.

역시 유상아를 데려올 걸 그랬나? 올림포스와의 직통 단말이 있으면 바로 신호를 보낼 수 있을 텐데…….

'부유한 밤의 아버지시여.'

사위가 깜깜해진 것은 하데스의 수식언을 적던 순간이었다.

오싹한 기운이 전신을 훑었다. 구토감과 함께 시계視界가 핑그르 돌았고, 다시 눈을 떴을 때 나는 이미 명계에 왔음을 깨달았다. 이토록 불온하고 기분 나쁜 공기는 명계에서만 느낄수 있으니까.

주변을 둘러보니 다행히 또 타르타로스에 떨어지지는 않은 모양이다.

누군가가 내 앞에 서 있었다.

[너는 지금 명계에 와서는 안 된다.]

상대는 하데스도 페르세포네도 아니었다. 사신을 닮은 복장을 본 순간 나는 바로 알 수 있었다.

"심판관님."

지난번에 나를 안내한 심판관은 아니었다.

"여왕님의 과업을 완수했다고 보고드리러 왔습니다."

[알고 있다. 다시 말하지만, 너는 궁전에 들어갈 수 없다.]

"어째서입니까?"

[그건 알려줄 수 없다.]

귀찮다는 듯이 심판관이 손사래를 쳤다.

[돌아가라. '아버지'의 권능을 빌려 소환은 해줬지만, 입장은 불가하다.]

"저는 여왕님과 약속이 있습니다. 반드시 들어가야 합니다."

[지금은 안 돼. 돌아가.]

이 녀석, 대체 무슨 똥배짱일까. 심판관이 아무리 강해봤자 페르세포네에 비하면 조족지혈일 뿐이다. 그런데 이렇게 완강하게 나오는 것을 보면…….

"혹시 두 분 다 출타 중이십니까?"

심판관이 잠시 멈칫했다가 고개를 끄덕였다.

[그렇다.]

"대체 무슨 일로……."

하데스와 페르세포네가 동시에 자리를 비울 정도라. 모르긴 몰라도 어디서 큰일이 터졌을 가능성이 컸다. 적어도 올림포스 12신급의 긴급회의가 아니면…… 근데 지금 시점에서 그런 호출을 할 만한 일이 있던가?

"혹시 제게 따로 남기신 말씀은 없으십니까? 제가 찾아올 때를 대비해 두고 가신 거라든가……."

[글쎄, 그런 게 있더라도 내가 왜 네놈에게 전해야 하지?]

심판관마다 성격이 다른 건 알았지만, 이렇게 까칠한 놈이 걸릴 줄은 몰랐다. 그래도 말투를 보아하니 뭔가 있기는 한 것 같은데. 그 치밀한 페르세포네가 그냥 버려두고 갔을 리도 없으니…… 어쩔 수 없나.

"저를 도와주신다면, 이걸 한 모금 맛보게 해드리겠습니다."

코트 안주머니에서 예비로 빚어둔 야마타노오로치의 뱀술을 꺼냈다. 뚜껑을 따자 들큼한 향취와 함께 감미로운 발효주 냄새가 고루 퍼졌다.

[그, 그것은……?]

오랜 세월을 살아온 존재에게 술은 곧 마약과도 같다. 긴 세월의 비극을 잊을 수 있는 유일한 수단. 다른 술도 아니고, 성좌의 부속으로 빚은 뱀술인데 더 말해 무엇 하랴.

[흐, 으흠. 흠……]

"싫으시면 그냥 가겠습니다."

[자, 잠깐만! 알겠다. 여왕님께서 남기신 것을 주마.]

역시 먹히는군. 지난번에 본 깐깐한 심판관과는 확연히 다른 모습이었다.

[흐아아…… 좋구나.]

한 모금을 마시고 해롱거리던 심판관은 만족한 듯 웃더니 품속에서 노란 구슬을 꺼냈다.

[여기, 대가다.]

영롱한 노란색 구슬. 나는 그것이 간절히 찾아온 신유승의 영혼임을 깨달았다. 건네받아 몇 번 문지르자 구슬이 희미한 빛을 내며 허공에 붕 떠올랐다. 나는 구슬에 손을 대고 생각을 전했다.

'미안해, 내가 너무 늦었지?'

이미 언어를 상당 부분 상실한 듯 구슬은 희미하게 신음만 흘렸다.

—아…… 아.

말을 잃고, 기억을 잃은 여인. 한평생을 시나리오에 바쳤음에도, 그녀에게 남은 이야기는 끔찍한 고통의 역사뿐이었다. 그러니 이렇게 말해야 옳을 것이다.

고생은 충분히 했으니 이제 다 잊고 쉬라고.

하지만 신유승은 쉬어서는 안 된다.

아직 이 세계에서 해야 할 일이 남아 있다.

—아……저씨……?

한참이나 말을 고르던 영혼이 부르르 떨렸다.

—정말, 정말로…….

'그래.'

—어째서……?

'아직 이 세계에서 네가 해줄 일이 남았어.'

나는 그녀를 동정해 이곳에 온 것이 아니었다.

정말로 신유승의 도움이 필요했을 뿐이다. 오랜 이야기를 쌓아 높은 영혼의 격을 가진 그녀만이 할 수 있는 일.

신유승이 살짝 두려운 기색으로 답했다.

—내가…… 뭘 하면 돼?

나는 그녀의 영혼에 손을 댄 채 생각의 일부를 보여주었다. 한참이나 말이 없던 신유승이 힘없이 웃었다.

—하하…… 잔인한 사람이네, 아저씨는…… 어떤 의미에서는 대장보다도 잔인해.

'미안해.'

—하지만…… 좋아. 할게. 아니…… 꼭 하고 싶어. 바라던 바야. 이번에는 꼭, 나도 이 세계의 '결말'을 보고 싶으니까.

'기억이 더 사라질지도 몰라. 견딜 수 있겠어?'

신유승이 고개를 끄덕였다.

—두렵지 않아. 당신이…… 이야기해줄 거라 믿으니까.

그 말을 마지막으로, 신유승의 영혼은 구슬 속으로 사라졌다.

아마 당분간은 나오지 못하겠지. 우리가 다시 만나는 순간은 그녀가 육체를 가진 이후일 것이다. 곁에서 우리를 보고 있던 심판관이 입을 열었다.

[알고 있겠지만, 영혼을 명계에서 데리고 나간다 해서 육체가 부활하지는 않는다. 게다가 그 영혼은 죽은 지 오랜 시일이 지나서 새로운 육체에 정착할 수 없지.]

심판관이 기분 나쁘게 큭큭거렸다.

[연이 닿는다면 환생還生을 하는 방법도 있겠으나, 그 영혼은 너무 많은 죄악을 저질렀기에 다시 인간으로 태어나지 못할 것이다. 인간으로 태어나고자 한다면 영혼이 가진 모든 이야기를 버려야 할진대, 그렇게 되면 그 영혼은 이미 네가 알던 존재가 아니겠지.]

"알고 있습니다."

페르세포네의 말처럼, 영혼은 곧 이야기다. 그러니 지금도 실시간으로 신유승의 영혼은 '신유승이 아닌 것'이 되어가고 있었다.

하지만 비단 신유승만 그런 것은 아닐 터다.

곧바로 내 전속 담당을 호출했다.

'비형.'

말이 없었다. 나는 비형이 응답할 때까지 구슬을 내려다보며 기다렸다. 오직 높은 격을 가진 존재만이 선택할 수 있는 환생체還生體. 지금까지 이야기에 지배당해온 신유승은 이제 이야기를 지배하는 존재로 거듭날 것이다.

마침내 채널에 비형의 기척이 느껴졌다. 나는 입을 열었다.

'네 도움이 필요하다.'

—뭔 도움?

나는 대답하지 않았다.

함께 침묵하던 비형에게서 나와 신유승의 영혼을 번갈아 보는 시선이 느껴졌다.

놈은 곧 내 말뜻을 눈치챘다.

—서, 설마 너…… 나한테 '그거' 시키려고?

나는 고개를 끄덕였다.

—야, 잘 생각해. 그게 네 생각만큼 쉬운 일이 아니야. 걔는 그냥 이쯤에서 소멸하는 편이 나을 수도…….

'채널 망하고 싶냐?'

—제길. 야, 진짜 안 돼. 나 그거 한 번도 안 해봤다고!

'이제 해보면 되겠네.'

—이런, 씨…….

한참을 망설이던 비형이 결국 허공에서 황금빛 '알' 하나를 내려보냈다.

가장 위대한 '이야기의 별'에서 내려오는 알.

나는 신유승의 영혼을 알 속에 집어넣었다. 알은 부르르 떨며 선연한 광휘를 내뿜더니 다시 하늘로 올라갔다. 한참이나 말이 없던 비형이 어이없다는 듯 중얼거렸다.

—이런 식으로 내 '아이'를 받게 될 줄이야…….

나의 적은 시나리오 내부에만 있는 것이 아니다.

41회차 미래에서 온 신유승.

그녀는 이번 회차에서 오직 나만을 위한 '이야기꾼'이 될 것
이다.

2

비형과의 협상이 끝나자마자 심판관은 내게 재촉했다.

[끝났으면 슬슬 돌아가지.]

왜 이렇게 채근하나 싶었는데, 내 술병을 보며 연신 입맛을 다시고 있었다. 아까 준 술이 부족했던 모양인데…….

잠깐만. 지금 명계에 하데스와 페르세포네가 없다고 했지?

"저, 심판관님. 부탁이 하나 더 있습니다."

[뭔진 모르겠지만, 이번에는 곤란…….]

"술 한 병을 다 드리겠습니다."

내 말에 심판관의 눈이 휘둥그레졌다.

"저를 타르타로스에 다시 한번 데려가주십시오."

❉ ❉ ❉

시간이 없었기에 타르타로스에 내려갔다가 금방 다시 올라왔다. 잠깐이었다고 생각했는데 그사이 심판관은 만취해 있었다.

[용건은 끝났느냐?]

"예."

하데스와 페르세포네가 자리를 비우다니 천운 같은 일이었다. 정말 약간의 정보를 귀띔하고 왔을 뿐이지만 눈치 빠른 김남운이라면 그것만으로도 큰 변화를 만들 수 있으리라.

언젠가 찾아올 〈기간토마키아〉가 기대되는 순간이다.

[여왕께서 남기신 말씀이 있다.]

"여왕께서요?"

[그래. 직접 읊어주마.]

심판관은 중후한 목소리로 페르세포네의 말을 대독했다.

[화신 김독자, 아주 흥미로운 방법으로 과업을 성취하고 있더군요.]

"……"

[이제 스타 스트림의 많은 성운이 당신을 주시하고 있습니다. 그중엔 당신을 불길하게 여기는 이도 상당수 있어요.]

실제로 이번 시나리오는 성좌들의 관심을 지나치게 끈 데가 있었다.

[대비하는 게 좋을 겁니다.]

이야기를 듣다 보니 조금 불안해진다.

혹시 하데스와 페르세포네의 출타도 나 때문인가? 얼마 전부터 다른 대성좌들 반응도 눈에 띄게 줄었다. 특히 우리엘이라든가, 또⋯⋯ 우리엘이라든가. 참고로 우리엘 또한 성운 '에덴' 소속이다.

[성좌, '긴고아의 죄수'가 당신에게 섭섭해합니다.]
[성좌, '은밀한 모략가'가 '긴고아의 죄수'를 위로합니다.]

저 녀석들은 아직 있었군.

[그럼 잘 가라.]

나는 고개를 끄덕였다. 하긴 당장 걱정해봐야 소용도 없다. 지금껏 차근차근 쌓아온 이야기를 흩뜨리지 않는 게 중요할 뿐이다. 성운들이 나를 아니꼽게 여긴다 해도, 페르세포네가 말했듯이 모두 그런 것도 아니다.

까마득한 회오리가 한바탕 몰아친 뒤 시야가 점차 개었다.

다시 눈을 떴을 때 나는 현세로 돌아와 있었다.

"독자 씨."

묘한 긴장감이 감도는 목소리. 나는 억지로 뺨을 두들겨 정신을 차렸다.

근심이 깃든 이현성의 얼굴이 보였다.

"⋯⋯무슨 일입니까?"

주변 인파들이 웅성거리고 있었다. 이지혜를 비롯한 몇몇 일행도 그 속에 끼어 있고, 모두 한곳을 중심으로 둥글게 모여 있었다. 허공에서 작은 소용돌이가 일그러지며 사라지는 중이었다.

포털.

나와 일행들이 들어온 통로. 왜 저게 열렸지? 설마 시나리오가 종료되었나?

"한국 포털로 추가 투입자가 들어왔습니다."

추가 투입자? 이제 와서?

"저도 잘은 모르겠습니다만……."

추가 투입이 너무 늦는 감이 있긴 했다.

보통 1차 투입 후 일주일 안에 2차와 3차 투입이 시작되는데, 이번에는 시나리오가 끝나도록 인원 보충이 더뎠다. 순식간에 3차에 4차까지 투입된 일본과는 무척 비교되는 상황이었다.

나와 이현성은 인파를 헤치고 포털 발생지로 다가갔다.

"아저씨, 이쪽이야!"

이지혜의 목소리가 들려온 방향으로 가보니 포털에서 막 나온 것으로 보이는 남자가 있었다. 온몸에 화상을 입어 전신이 숯덩이처럼 변해버린 상태였다.

"으어……."

내가 아는 사람이었다. 나는 놀라서 물었다.

"정민섭 씨? 이게 대체……."

정민섭. 선지자들과 싸울 때 내 편을 들어준 극소수 하차자 중 하나였다. 왕들의 전쟁이 끝난 후 한동안 얼굴을 보지 못해서 죽었을 거라 생각했는데, 왜 이런 곳에……?

뒤늦게 나타난 의선 이설화가 맥을 짚으며 치료를 시작했다. 하지만 이미 너무 늦은 상태였다. 마지막 순간, 눈이 마주친 정민섭이 나를 향해 중얼거렸다.

"돌아오시면…… 안…… 됩……."

정민섭이 남긴 마지막 말이었다.

⌘ ⌘ ⌘

[당신은 '피스 랜드'의 평화를 지켜냈습니다.]

거대한 문자열이 허공에서 큐빅처럼 빛났다. 하늘은 여전히 축제 분위기지만 일행들 표정은 그렇지 않았다. 이지혜가 혼란스러워하는 목소리로 말했다.

"……이게 대체 무슨 일이래?"

아직 시나리오가 완전히 종료된 상황이 아니니까 추가 인원이 파견되어도 이상한 일은 아니었다. 하지만 그 추가 인원이 처음부터 위중한 상태로 나타나다니.

"혹시 일본에서도 이런 경우가 있었습니까?"

이현성의 질문에 아스카 렌이 고개를 저었다.

"혹시 포털을 건너는 중 뭔가에 습격당했다거나……."

"그럴 가능성은 희박하지 않을까요?"

포털 안에 차원종이 사는 경우도 있었다. 하지만 초반 시나리오에서는 아니었다. 이어서 이지혜가 의견을 냈다.

"그럼 남은 사람끼리 싸우고 있는 거 아냐?"

설마 싶지만 그쪽이 가장 현실적인 추측으로 보인다. 아스카 렌도 고개를 끄덕이며 덧붙였다.

"한국 쪽에는 절대왕좌가 없다고 하셨죠?"

"네."

"그러면 가능성 없는 이야기는 아니네요."

이제 일본도 같은 처지가 되긴 했지만, 절대왕좌처럼 무소불위의 권력이 보장되지 않는 국가에서는 주도 그룹이 바뀌는 경우가 왕왕 발생한다. 멸살법에도 몇 번인가 그런 일이 언급되었다.

다만 이번 일은 조금 의외였다.

아직 시나리오 초반인 데다, 소외된 자들이 뭉쳐봤자 결국 소외된 전력에 불과하다. 게다가 서울에는 대비책도 마련해 놓았다. 유상아와 정희원, 그리고 방랑자들의 왕인 내 어머니까지.

그들을 압도할 전력을 갖추지 않는 한 새로운 주도 그룹이 나타나는 것은 불가능했다. 일행들 눈빛이 불안해졌다.

"설마…… 아니겠죠?"

예정된 추가 투입자는 아무도 오지 않았고, 정민섭만 빈사 상태로 도착했다. 게다가 '돌아오지 말라'라는 메시지까지. 시기상으로 몇 가지 짐작이 가기는 했지만…….

"확실한 건 가보지 않고서는 모른다."

언제 나타났는지 유중혁이 바로 곁에 있었다. 나도 고개를 끄덕였다.

"이 말이 맞습니다. 일단 돌아가서 확인해보죠."

시나리오 메시지가 들려온 것은 그때였다.

[주요 공헌자를 위한 추가 보상이 도착했습니다.]

[주요 공헌자: 김독자, 유중혁]

마침내 메인 시나리오 추가 보상이 도착했다.

[보상 내역을 확인하시겠습니까?]

나는 고개를 끄덕였다.

〈보상 목록〉

1. 낭월섭선浪月摺扇(SSS급)

2. 청룡검(SSS급)

3. 마도왕의 팔찌(SS급)

4. A급 스킬 중 택일

총 네 가지 항목.

과연 시나리오 난이도가 높아서인지 보상 목록도 상당했다.

'낭월섭선'이나 '청룡검' 같은 보구는 꾸준히 강화 작업을 거치다 보면 언젠가 성유물에 준하는 힘을 보이는 아이템. 가지고 있어서 손해 볼 것은 없었다.

'마도왕의 팔찌'.

이건 마도 귀환자의 초·중급 마법을 방어해낼 수 있는 좋은 아이템이었다. 하지만 나는 이번 시나리오에서 '초체검'을 얻었으므로 앞쪽 두 아이템은 그다지 메리트가 없었다. 마도왕의 팔찌는 탐은 나지만, 당분간 마도 귀환자를 만날 일이 없으면 효용 가치가 떨어졌다.

그러니 처음부터 대답은 정해져 있었다.

"4번을 택하겠다."

눈앞에 스킬 목록이 떠올랐다.

먼젓번 보상 스킬 목록보다 등급이 올라간 까닭인지, 주로 무림 계통 스킬이 나타났다.

만상귀일신공萬象歸一神功

소양검少陽劍

태을미리장太乙迷離掌

(…)

소림의 절예絶藝나 공동崆峒의 무공도 보였고, 이십사수매화
검법二十四手梅花劍法 같은 화산의 유명한 무공도 있었다. 하나하
나 탐나는 스킬이지만, 선택할 수 있는 게 하나뿐이기에 신중
해야 했다.

지난번에도 언급했다시피, 등급과 무관하게 입수 난이도가
비정상적으로 높은 스킬이 있다. 무림 계통 스킬은 언젠가 또
입수할 기회가 생기겠지만, 이번 선택을 놓치면 다시는 못 얻
는 스킬이 있는 것이다.

가령, 피스 랜드에서만 얻을 수 있는 한정판 'A급 스킬' 같
은 것.

"A급 스킬 소형화小形化를 선택하겠다."

흥미진진한 눈길을 보내던 이지혜가 빽 소리를 질렀다.

"아저씨 미쳤어?"

"왜."

"아니 왜 그딴 걸 선택해! 안 그래도 작아져서 스트레스받
아 죽겠는데…… 차라리 청룡검 받아서 날 줘!"

이현성도 의외라는 얼굴이었다. 애들은 또 옥신각신한다고
별 관심도 없었고, 소인들은 묘하게 감동한 얼굴이었다. 내가
자기들을 기억하기 위해 이 스킬을 선택했다고 믿는 모양이
었다.

[자자, 보상 수령도 끝나셨으니 돌아갈 시간입니다. 그간 많
이 정들었을 텐데 작별 인사들 하시죠.]

도깨비의 알림과 함께, 허공에 거대한 포털이 등장했다. 길

레미엄을 위시한 소인들이 옹기종기 우리 주변으로 모여들었다.

"조심히 돌아가십시오!"

"감사합니다. 꼭 기억하겠습니다."

"다음에 봬요, 독자 씨!"

떠나는 우리를 향해 소인들이 배웅의 노래를 불렀다.

아스카 렌이 눈시울을 붉혔다. 크게 손을 흔드는 미치오 쇼지를 시작으로, 일본 그룹이 하나둘 포털 속으로 사라졌다. 우리 일행은 마지막 차례였다. 소인들의 노래는 계속되었다.

계속 듣다 보니 어쩐지 가사를 이해할 것도 같았다.

피스 랜드를 구해낸 영웅

그의 이름

도쿠자도 도게자도 아닌

독자

오오 독자라네

……제기랄, 뭐 저딴 가사를 붙였지?

['피스 랜드'의 존재들이 당신의 전설을 연호합니다.]

[해당 업적은 성좌에 등극한 후 열람할 수 있습니다.]

내성 종탑 위에 내게 무공을 가르친 키리오스가 있었다. 시나리오가 끝나자마자 달려와 온갖 협박을 늘어놓을 줄 알았는데 그는 조용히 이쪽을 보기만 할 뿐이었다.

"당신에게 고마워하는 것 같아요."

"네?"

"그냥 그런 느낌이 들어요. 잘은 모르겠지만."

아스카 렌이 웃으며 말했다. 창조주 자격은 잃었다 해도, 작가 또한 여전히 한 사람의 독자일지도 모른다.

"살아서 또 만나요, 한국 여러분."

꾸벅 고개를 숙인 아스카 렌이 포털 너머로 사라지고, 우리도 포털로 진입했다. 시야가 다시금 휘청였다. 정신을 차렸을 때는 발이 지면에 닿아 있었다. 한 번 겪어본 일이라 그런지 현기증은 심하지 않았다.

[메인 시나리오가 종료됐습니다.]

오랜만에 보는 서울의 광경. 주변을 돌아보니 나와 함께 온 사람은 유중혁뿐이었다. 같은 포털로 들어가도 출구는 다른 모양이었다. 그렇다 쳐도 왜 하필 이 녀석이랑 같이…….

"피해라."

유중혁의 한마디와 동시에, 딛고 있던 바닥이 폭발했다. 곳곳에서 날아든 마력탄이 우리가 있던 자리를 엉망으로 헤집고 있었다.

"패왕이다!"

"당황하지 마! 쏴라!"

"놈들은 어차피 같은 편이 아냐! 패왕은 내버려두고 불살의 왕만 노려!"

쾅앙! 쾅아아앙!

어떤 의미에서는 예상하던 기습이었다. 뿌연 먼지구름 사이로 수십의 인파가 몰려와 있었다. 언뜻 봐도 상당한 수준의 장비와 배후성을 갖춘 녀석들. 페르세포네가 말한 다른 '성운' 소속 화신일까?

"놈은 사람을 못 죽인다! 불살의 페널티가 걸려 있어! 그러니 망설이지 말고 해치워!"

"포인트를 모아 다시 살아날 가능성이 있다. 그러니 재생의 때를 놓치지 말고 죽여야 한다!"

언제 그런 정보까지 새어 나갔지? 불살의 왕에 대한 정보까지 알 줄이야. 잠시 후 먼지 속에서 대장 격으로 보이는 녀석이 외쳤다.

"김독자! 천천히 무기를 넣고 이쪽으로 와라!"

나는 순순히 시키는 대로 했다. 가까이 가보니 녀석들의 무장 상태가 확실하게 보였다. 장비가 죄다 A급에 근접하는 데다 개개인의 종합 능력치도 굉장히 출중했다. 어머니가 이끌던 방랑자 세력에 전혀 밀리지 않을 전력.

대체 어디서 이런 놈들이 나타났지?

상황이 다 끝났다는 듯, 우두머리로 보이는 녀석이 이쪽을 향해 웃고 있었다.

나도 그에 맞춰 미소 지으며 물었다.

"내 정보는 어디서 주워들었어?"

"그건 알아서 뭐 하게?"

"하나 잘못된 게 있어서 알려주려고."

"뭐?"

['신념의 칼날'이 활성화됩니다.]

스가가각!

순식간에 뽑아 올린 '신념의 칼날'이 사내를 비롯해 주변 전력을 일거에 베어버렸다.

"으헉?"

앞쪽 사내들의 목이 그대로 떨어지자, 주변에 있던 녀석들이 기겁하며 물러났다.

"죽었어! 저놈이 죽었다고!"

"불살의 왕이라며? 말이랑 다르잖아!"

녀석들이 당황하며 다급하게 병기를 꺼내 들었다. 이런 잔챙이들 잡는 데야 특별한 기술도 필요 없다. 나는 그대로 '신념의 칼날'을 전개해 달려드는 녀석들을 베었다.

"으아아악!"

포위한 녀석들을 깔끔하게 죽여 없앨 생각이었다. 그런데 마지막 한 녀석이 반쯤 베이다 말았는지 비명을 질러대기 시작했다. 나는 고통스럽게 몸부림치는 녀석에게 칼을 꽂았다.

망설임 없이.

"이, 이 정도 실력이라는 말은 못 들었는데……?"

"도망쳐!"

그동안은 누가 공격해오든 가능하면 죽이지 않으려 했다.

물론 '불살의 왕'을 잃지 않기 위해서였지만, 그런 행동을 반복하다 보니 나 스스로 살인을 자제하려는 경향이 있었다. 하지만 지금부터는 다르다. 필요할 때 적극적으로 행동하지 않으면 약점을 만들게 된다. 앞으로 나타날 적들은 내가 남긴 약점을 끈덕지게 물고 늘어질 것이다.

일단 결심했으니 손을 쓰는 데 망설임은 없었다.

"느리군."

소리가 들려온 쪽을 보니 어느새 유중혁은 칼을 거두고 있었다. 나보다 훨씬 많은 숫자를 죽인 녀석의 표정에서는 별다른 감상이 느껴지지 않았다.

"으, 으으, 분명 패왕과는 협력하지 않는다고 했는데……."

하나 남은 사내가 손발을 떨며 뒷걸음질 쳤다.

"누가 이런 짓을 시켰지?"

"그, 그건……."

[등장인물 '설인구'가 깊은 고뇌에 빠집니다.]

다음 순간 사내의 표정이 확 변하더니 갑자기 나를 향해 달려들었다.

"으아아아!"

이럴 리가 없는데? 승산이 아예 없는 상황에서 죽을 길로 달려든다고? 선뜩한 감각이 뇌리를 스쳤다. 사내가 순교자처럼 소리쳤다.

"인류의 시나리오 해방을 위해!"

……시나리오 해방?

유중혁의 검이 움직이는 순간 사내의 목이 떨어졌다.

"뭘 명청하게 보고 있는 거냐?"

퉁명스러운 목소리에 퍼뜩 정신이 들었다.

"뭔가 이상하단 생각 안 드냐?"

"드물게 충성심이 강한 놈이군."

"너도 알겠지만, 인간은 그렇게 쉽게 충성하는 동물이 아냐. 더군다나 지금 같은 상황에서는……."

"네놈이 질질 끄는 사이 숨어 있던 녀석 하나가 도망쳤다."

정말이지 대화가 안 통하는 자식이다. 일단은 도망쳤다는 놈의 흔적을 쫓기로 했다.

"근데 넌 계속 나랑 같이 다닐 거냐?"

"……."

"혹시 나 때리려고 기회 보는 거 아니지?"

유중혁은 특유의 무시무시한 눈길로 나를 보더니 천천히 입을 열었다.

"그리고 보니 그런 말을 했었군."

"그냥 계속 잊어버린 상태로 있어주면 고맙겠는데."

한숨 돌리고 주변 일대를 확인해보니 5호선 까치산역 인근이었다. 유중혁이 의아하다는 듯이 말했다.

"이상하군. 서울 돔에선 '사냥 시나리오'가 진행 중이어야 한다."

"모르지. 그 사냥이 그 '사냥'이 아닐지도."

이 근방을 비롯해 우장산, 신정, 목동역으로 향하는 모든 길목이 화신들이 흘린 피로 물들어 있었다. 가는 거리마다 시체가 보였다. 이전에도 시체야 즐비했지만 살해 형태가 문제였다.

시체에 남은 상흔을 바라보던 유중혁이 고개를 끄덕였다.

"사람 짓이다."

괴수 사냥 시나리오가 진행되었다면, 괴수의 이빨이나 발톱 자국이어야 했다. 그런데 틀림없이 날카로운 병기나 포탄에 맞은 상처였다.

즉 이곳에서 시나리오와 무관하게 싸움이 벌어졌다는 이야기였다.

얼마 지나지 않아 우리는 도망친 남자를 발견했다.

"저기 있군."

휘이익, 퍼억!

하지만 우리가 미처 접근하기도 전에, 남자는 어디선가 날아온 화살에 목이 꿰뚫렸다.

또 새로운 적이 나타났나 싶어 칼을 뽑는데, 뜻밖에도 나타난 패거리의 모습이 익숙했다. 화랑 갑옷. 그들은 죽은 사내를 둘러싸고 이야기를 나눴다.

"틀림없습니다. 구원교도 잔당입니다."

"처리하세요."

적이 아니라는 사실을 확인한 내가 그들을 향해 달려갔다.

"잠깐만요!"

여자가 나를 돌아보았다. 고된 전투로 인해 지친 얼굴.

"김독자 씨……?"

미희왕 민지원이었다.

※ ※ ※

그녀에게서 예상치 못한 소식을 연달아 전해 들었다.

"왕 파벌이 해체됐다고요?"

"제일 먼저 미륵왕이 당했고, 그다음에는 방랑자들의 세력이 당했어요."

순간적으로 귀 뒤가 강하게 경직되며 현기증이 일었다.

"설마 방랑자들의 왕이 죽었습니까?"

"생사는 몰라요. 행방불명 상태거든요. 중립의 왕 전일도 같은 경우는 아예 그놈들 편에 붙어버렸어요."

중립의 왕이라면 확실히 그럴 법하다. 때로 '중립'이란 가장 비겁한 자를 일컫는 말이니까. 머릿속이 복잡해진다. 어머니가 당했다면 정희원이나 유상아라고 무사하리라는 보장이 없다. 대체 어떤 놈들이지?

"혹시 전에 본 그 여의도 세력인가요?"

"아뇨, 신진 세력이에요. 스스로 '구원교'라 일컫는 놈들……
여의도고 뭐고 지금 죄다 그놈들 손에 넘어갔어요."

구원교? 물론 나는 그 이름을 잘 안다.

원작에서 중요한 위상을 차지하는 단체니까.

하지만 무언가 이상했다. 본래 구원교의 등장은 최소 열 번
째 시나리오, 즉 서울 해방 시나리오가 종료된 이후이기 때문
이다.

"구원교는 여러분이 떠난 날 갑자기 나타났어요. '인류를 시
나리오에서 해방시키겠다'라면서…… 자기들 뜻을 거스르는
세력은 망설임 없이 제거하고 있어요."

유중혁이 물었다.

"그런 세력이 어디에 숨어 있었지? 서울 안 거대 세력은 여
섯 번째 시나리오가 시작될 때 모두 집결했을 텐데."

"서울 안에 있던 자들이 아니에요."

그 말이 무슨 뜻인지는 바로 알 수 있었다. 인근의 하늘에서
난데없는 빛이 쏟아졌다.

슈우우우우―

허공에서 내려오는 빛줄기는 한두 개가 아니었다. 마치 하
늘에서 스포트라이트를 쏟아내듯, 빛줄기와 함께 소환되는 인
간들. 절반 정도는 아직 제정신을 못 차리는 듯했지만, 나머지
절반은 눈빛이 굉장히 또렷했다.

그리고 메시지가 들려왔다.

[신규 시나리오 지대에 입장했습니다!]

[현재 서울 돔에서는 일곱 번째 메인 시나리오가 진행 중입니다.]

광장에 소환된 인파는 무려 백여 명을 넘어섰다. 모두 전투용 복장이 아니라 캐주얼한 일상복 차림이었다.

유중혁이 중얼거렸다.

"벌써 신규 인원이 투입될 시간이군."

현재 메인 시나리오는 세계 각국의 수도에서만 진행 중이었다. 그러나 시나리오를 진행하다 보면 지나치게 많은 화신이 죽을 때가 있다. 그럴 때마다 관리국은 내부 규정에 따라 일정 수의 인간을 추가로 소환한다. 대부분 해당 국가 전역에서 무작위로 소환되는 것이었다. 바로 지금처럼.

"으으…… 으어어……."

대부분 공포에 질려 있었지만, 상당수 화신은 벌써 눈에 불을 켜고 주변을 탐색하기 시작했다. 꼴을 보아하니 막 첫 번째 시나리오를 겪고 온 듯했다. 유중혁의 눈이 가늘어졌다.

"구원교도 저들처럼 소환된 녀석들이었나?"

"그래요."

"말이 안 되는군. 소환된 지 얼마 안 되는 녀석들이 기존 화신을 이길 수 있을 리 없다."

맞는 말이었다. 물론 근래 소환자는 밸런스 조절을 위해 내가 받은 보상보다 더 좋은 것을 받으며 출발하리라. 하지만 그것만으로는 죽었다 깨어나도 기존 화신을 이길 수 없다.

민지원이 입술을 깨물며 말했다.

"'구원교주'는 처음부터 강했어요."

부르르 떨리는 그녀의 어깨. 진짜 두려움을 마주한 사람의 그것이었다.

"패왕, 당신이 강하다는 건 알아요. 하지만 그자와는 절대 싸우지 마세요. 강함도, 지략도, 이미 그자는 인간을 초월했어요. 인간이 아니라 마치 다른 생물을 보는 듯한……."

그때, 웅성거리는 사람들 사이에 도깨비가 나타났다.

[자, 여러분. 당황하지 마시고, 진정하고 여길 보세요.]

신규 화신들이 말 잘 듣는 아이처럼 도깨비에게 주목했다.

[당장 소환된 여러분은 어미를 잃은 병아리 같은 상태예요. 물론 벌써 좋은 배후성을 선택한 분도 계시겠지만, 그것만으로 이 세계에서 살아남기 쉽지 않다는 사실 정도는 이미 아시죠? 그러니 여러분은 자신을 보호해줄 '그룹'을 찾으셔야 해요. 당당한 한 명의 화신이 될 때까지 여러분을 지켜줄 그룹을.]

몇몇 화신이 소리를 질렀다.

"난 또 뭔가 했네. 그런 정보도 모르고 들어온 줄 알아?"

"말 다 했으면 꺼져!"

도깨비의 말이 채 끝나기도 전에 화신들이 움직이기 시작했다. 그 자신감은 이해할 법도 했다. 서울 돔 바깥에도 〈선지자들〉은 일부 존재한다. 거기다 [인터넷] 스킬을 가진 화신들에 의해 돔 안의 정보도 제법 풀렸을 터. 아마 저들 중 다수는 예습을 하고 투입된 상태겠지.

"패왕! 패왕 옆에 붙어야 해!"

"맞아! 화신 중 최강은 패왕이라고 그랬어!"

스스로 죽을 길을 찾아가다니 불쌍한 놈들. 명복을 빈다.

"미희왕이 인자하다고 했어."

"인자하면 뭐 해. 약하잖아."

"엄청 예쁘대."

"……일단 한번 가볼까?"

그래, 그쪽은 좀 나을지도 모르겠네. 반면 좀 신중한 녀석도 있었다.

"멍청한 놈들. 진짜 실세는 패왕도 미희왕도 아냐."

어둠침침한 눈빛을 번뜩이며 모인 몇몇 녀석이 수군대는 소리가 들렸다.

"말살의 왕인가 불사의 왕인가 하는 녀석이 최고랬어."

"불사의 왕?"

"죽여도 죽지 않는 왕이라던데."

"헉, 대박이네."

"사실 패왕도 미희왕도 전부 그놈 따까리란 소문이 있다고. 쫓아다니는 여자도 엄청 많다던데?"

어…… 그거 혹시?

"진짜? 그놈 누군데? 왕 이름이 뭐야?"

"이름은 잘 모르겠고……."

"젠장, 그럼 어떻게 찾아?"

"제일 못생긴 왕을 찾으면 된다고 들었어. 얼굴이 좀 흐릿하게 보인다던데?"

문득 시선이 느껴져서 흘낏 옆을 보니 유중혁이 가만히 나를 노려보고 있었다. 뭘 봐 인마. 내가 너보단 못생겼어도 흐릿한 얼굴은 아니라고.

"아냐, 최근 대세는……."

그사이에도 화신들의 대화는 이어졌다. 어떤 왕이 좋다느니 누구 밑으로 들어가야 한다느니…… 기껏 절대왕좌를 없애놨더니, 하는 얘기가 저런 것들이라니 허탈하다.

그때 멀리서 뿔 나팔 소리 같은 것이 들려왔다. 민지원이 흠칫 몸을 떨며 뒷걸음질 쳤다.

"도망가야 해요."

민지원의 말이 끝나기 무섭게 바람을 타고 목소리가 들려왔다.

"불쌍한 중생이 높은 존재들의 시나리오에 놀아나고 있구나."

공간 전체가 진동하는 광대한 울림. 낯선 자들이 거대한 코끼리를 닮은 괴수종을 타고 나타났다. 나는 그들이 누구인지 바로 알 수 있었다. 내 곁으로 붙어선 민지원이 긴장한 목소리로 말했다.

"구원교도예요."

수행이라도 하는 양, 교도들은 코끼리 위에서 가부좌를 튼 채 뭔가 중얼거리고 있었다. 행진만으로도 기이한 정경에 화신들은 잠시 시선을 빼앗겼다.

"우리가 너희를 구원하기 위해 왔노라!"

한데 구원교 무리의 중심을 보던 유중혁의 표정이 이상했다.

"설마 이번 생까지 쫓아올 줄은 몰랐군."

나는 반사적으로 물었다.

"아는 놈들이야?"

"한 놈은."

유중혁이 구원교를 안다? 2회차에도 이 녀석들이 나왔던가? 기억나지 않았다. 다만 구원교라면 나 역시 잘 알고 있었다. 원작에 따르면, 구원교는 구원救援이라는 단어가 갖는 종교적 상투성을 완전히 벗어던진 집단이었다.

「"내세에 구원은 없다."」

구원교의 첫 설법은, 그것으로 시작한다.

「"중요한 것은 지금의 이야기이며, 우리가 해방시켜야 할 것은 바로 '오늘'이다."」

얼핏 들으면 전혀 문제 될 것 없는 교리였다. 과거도 미래도 아닌 현재를 중요시하라. 멸망이 오기 전에도 어디서 많이 듣던 이야기였다.

구원교 무리는 알아들을 수 없는 말을 중얼거리며 코앞까지 당도했다. 거친 울음을 토하는 코끼리는 모두 7급 괴수종 '사막 가시 코끼리'였다. 구원교 무리 중에도 [길들이기]가 가능한 녀석이 있는 것이다.

"오, 오오……."

"구원교다!"

한참 뒤에야 나올 구원교가 벌써 나타났다. 누군가가 내가 아는 미래에 개입하고 있다는 뜻이었다.

그것도 아주 강력한 존재가.

선두에 위치한 코끼리 위, 가마 속에서 목소리가 들려왔다.

"어린 화신들이여. 구원교로 오라. 우리가 너희를 시나리오에서 해방시켜줄 것이다."

선두에 선 구원교도들이 두 팔을 벌렸다. 쭈뼛대던 화신 중하나가 앞으로 나섰다.

"……해방이라는 게 무슨 뜻입니까?"

"말 그대로다. 너희에게 시나리오에 능멸당하지 않을 자유를 주겠다."

여전히 말 자체는 알 듯 모를 듯했지만, 그가 사용한 단어들은 화신의 관심을 끌기에 적절했다. 해방이라든가, 자유라든가. 이곳에 강제로 투입된 화신들에게는 달콤할 수밖에 없는 말들.

"구원교에 들어가면 강해질 수 있습니까?"

벌써 넘어간 화신이 있는가 하면, 신중한 화신도 있었다. 구원이라는 막연한 단어보다는 눈앞의 무력을 믿는 자들이었다.

"강함이라……."

코끼리 위 가마 속에서 그림자가 움직였다. 목소리에 깃든 현기玄機 때문인지 나이나 성별을 쉬이 짐작할 수 없었다.

"강함이 무엇이라 생각하느냐?"

"강한 스킬을 갖거나, 남보다 좋은 아이템을 갖거나…… 그런 거 아닙니까?"

"강한 스킬과 좋은 아이템이라…… 이런 것을 이르느냐?"

가마에서 서서히 뻗어나온 마력이 거대한 손바닥 형태를 이루었다.

마력 실체화. 웬만큼 수련한 귀환자나 쓸 수 있는 저 기술을 한낱 시나리오 속 화신이 구현하고 있었다.

[성좌, '긴고아의 죄수'가 '손바닥'을 향해 반감을 드러냅니다.]

보는 것만으로도 압도되는 거대한 손바닥이, 하늘을 덮으며 사내를 향해 떨어져 내렸다.

"우, 우와아아악!"

압도적인 마력의 향연에 모두가 비명을 질렀다. 하지만 손바닥은 화신들을 덮는 순간, 가공할 바람을 일으키며 사라졌다. 거기에는 화신들을 감싸는 따스하고 온화한 기류만이 남았다.

"덧없는 것을 추구하는구나. 강함과 약함은 모두 이야기가 만든 허상이거늘."

가마 휘장이 걷히며 목소리의 주인이 모습을 드러냈다. 마치 떠오르는 환한 태양처럼 전신에서 빛을 내뿜는 존재. 신이 강림하듯 빛이 바닥에 가뿐히 착지했다.

그제야 나도 깨달았다. 설마설마했는데 정말로 내가 아는 '구원교주'가 벌써 시나리오에 들어왔을 줄이야. 강함을 부르짖던 화신이 주춤거리면서도 입을 열었다.

"무슨 개소리를…… 그래서 당신 밑에 들어가면 강해질 수 있냐고!"

인자한 웃음 속에서 구원교주가 말했다.

"어리석은 것. 눈앞에 보이는 진리를 깨닫지 못하는구나. 그런 것은 아무 의미가 없다."

"의, 의미가 없다고?"

"시간의 더미에 갇힌 불쌍한 중생. 너는 지금 시나리오에 속고 있다."

턱, 하고 구원교주가 화신의 이마에 손을 올렸다.

"말해보아라. 누가 너에게 '강함'을 부추겼느냐? 어째서 그리 강해지고 싶어하느냐?"

남자가 홀린 듯이 입을 열었다.

"그, 그건…… 가, 강해져야…… 살아남을 수 있고……."

"살아남는다는 건 무엇이냐."

"살아남는 건…… 그냥 생존하는 거지! 그래서 또 강해져서, 다시 살아남고……."

사고가 정지된 것처럼 바보 같은 돌림노래. 그러나 어쩌면 가장 정직한 대답일지도 몰랐다.

"그것이 네 삶이냐?"

"뭐?"

"온종일 강해지기 위해 살아가야 한다면, 너의 '삶'이란 대체 어디 있지?"

알아서는 안 되는 뭔가를 깨달은 듯이 화신의 몸이 부르르 떨렸다. 답을 찾으려는 사내의 입술이 필사적으로 움직였다.

"그건, 그것은……."

"……."

"어……?"

사내의 눈에서 무언가가 흘러내렸다. 믿을 수 없다는 듯, 사내는 바닥으로 떨어지는 자신의 눈물을 멍하니 내려다보았다. 인간은 불가해한 감정과 맞닥뜨리면 강제로 아귀를 맞추려 든다. 모두가 고양감 속에서 그 광경을 보고 있었다. 마치 누군가가 저 상황을 해결해주길 바라는 것처럼.

천천히 다가간 구원교주가 사내의 눈물을 닦아주었을 때, 몇몇 사람이 탄식을 터뜨렸다.

"그게 바로 이야기의 함정이다."

허공을 올려다보니 재미있다는 듯 대화를 듣고 있는 도깨비들이 보였다. 구원교주가 말했다.

"시나리오에 잡아먹히지 마라."

그 한마디 선언이 모든 화신의 가슴에 쐐기처럼 박히고 있었다.

"언젠가 찾아올 내세의 구원에 속지도 마라."

신규 시나리오로 진입한 화신이 모두 홀린 듯 그를 바라보왔다. 이해했든 이해하지 못했든, 이제 그 말은 하나의 울림이 되어 모든 이의 가슴속에 스며들고 있었다.

"구원은 지금 바로 여기에 있고, 네가 있어야 할 곳도 이곳이다."

지금을 살고 현재를 지키는 것. 미래에 먹히지 않고 인간의 긍지를 되찾는 것.

"바로 이곳에서 투쟁하라! 그래서 새로운 이야기로 자신을 남겨라! 그것만이 이 '시나리오'에서 해방될 길이다!"

듣기로는 아름다운 사상이었다. 구원교주가 한 말이 아니었다면 더 그랬을 것이다. 나는 유중혁을 돌아보았다.

"유중혁."

마침 유중혁도 칼을 뽑는 중이었다. 그의 얼굴에 사나운 적의가 번지고 있었다.

"거창한 헛소리로 자살 특공대를 양성하는 방식은 여전하군."

그 말에 구원교주가 이쪽을 돌아보았다. 시선이 마주친 순간 유중혁이 말을 이었다.

"적당히 하고 꺼지는 게 좋을 거다, 구원교주."

"……너는?"

순간 광대한 기파가 주변을 잠식한다 싶더니, 어느새 허공에 붕 뜬 구원교주가 이쪽을 향해 날아오기 시작했다. 이국적인 분위기의 하늘하늘한 가그라Ghagra가 선녀 옷처럼 흩날렸다. 구원교주가 말했다.

"유중혁?"

왜일까. 구원교주의 아름다운 얼굴에 새하얀 미소가 번졌다.

"유중혁! 내가 얼마나 찾았는지 아느냐?"

이제까지 어떤 화신을 만났을 때보다도 강한 경고음이 머릿속에 울렸다. 원작에 따르면 본래 저 인물이 등장하는 건 한참 뒤의 일이다. 그렇기에 나는 저자에 관해 아무런 대비도 해두지 않은 상황이었다.

곧바로 [등장인물 일람]을 발동했다.

[전용 스킬, '등장인물 일람'을 발동합니다!]

[해당 인물의 관련 정보가 지나치게 많습니다. '등장인물 일람'이 '등장인물 요약 일람'으로 변환됩니다.]

그리고 생전 처음 보는 메시지가 떠올랐다.

[해당 인물의 관련 정보가 여전히 많습니다. '등장인물 요약 일람'이 다시 한번 요약을 시도합니다.]

[정보 요약에 실패했습니다.]

[해당 인물의 관련 정보는 요약 일람이 불가능합니다.]

어처구니없는 소리였다. 정보 요약이 불가능하다고? 나는 잠시 생각하다가, 해당 인물의 '첫 번째 특성'만을 일람하게끔 설정을 바꾸었다.

[일람 설정이 변경됐습니다.]

〈등장인물 요약 일람〉

이름: 니르바나 뫼비우스

전용 특성: 환생자還生者(전설)

정보를 확인하는 순간, 소름이 돋았다. 빌어먹을, 역시 이 녀석이 맞았구나. 멸망한 세계에서 살아남는 세 번째 방법. 눈 앞의 인물은, 세 번째 방법 '그 자체'인 존재였다.

환생자 니르바나. 인간이되 인간이 아닌 자.

"유중혁!"

기쁨에 겨워 외치는 목소리. 다가오는 놈을 보며 칼자루를 고쳐 쥐었다. 손바닥이 땀으로 미끄러웠다. 저 녀석의 사고방식은 보통 인간과는 다르다. 아무리 내가 멸살법을 읽었어도, 놈을 이용할 수 있는 범주에는 한계가 있다. 그러니까, 어떻게 해야…….

자신의 품을 활짝 벌린 니르바나가 환하게 웃으며 외쳤다.

"유중혁! 나와 하나가 되어라!"

순간, 놈을 어떻게 이용할 수 있을지 감이 왔다.

¤ ¤ ¤

처음 '이 세계'에 눈떴던 순간을 니르바나는 똑똑히 기억했다. 우습게도, 그때 니르바나는 물방개였다.

'…….'

그리고 눈을 뜨자마자 니르바나는 개구리에게 먹혀 죽었다. 다음 삶에서 니르바나는 개구리로 태어났다.

'쉽지 않은 삶이겠군.'

그 삶에서 니르바나는 방울뱀에게 먹혀 죽었다. 다음 삶에서 니르바나는 방울뱀이 되었다.

'적어도 개구리는 먹을 수 있겠군.'

그 삶에서 니르바나는 아나콘다에게 먹혀 죽었다. 다음 삶에서 니르바나는 아나콘다로 태어났다.

'모든 뱀을 먹어버리겠다.'

그 삶에서 니르바나는 강력한 괴수종으로 진화했다. 얼마 지나지 않아 화신에게 사냥당할 위기에 처했다. 보상에 눈이 먼 화신들이 그를 해치려 들었고, 니르바나는 큰 상처를 입었다. 죽음을 눈앞에 둔 니르바나는 사냥꾼을 피해 숲속으로 은신했다.

하지만 결국 한 남자의 눈에 띄고 말았다.

"……다친 모양이군."

왜일까. 남자는 그를 보고서도 해치지 않았다. 남자는 그의 상처를 돌봐준 뒤 숲에 그를 풀어주었다. 니르바나는 그 선의를 이해할 수는 없었지만, 그 대신 오래도록 남자의 손길을 기억했다.

그리고 다음 삶에서, 니르바나는 인간으로 태어났다.

[성좌, '만다라의 수호자'가 당신의 삶을 지켜봅니다.]

그는 누군가가 자신의 삶을 관조하고 있다는 사실을 깨달았다. 그것이 '배후성'이라 불리는 대존재임을 깨달은 건 더 나중의 일이었다.

그때부터 니르바나는 계속 인간으로 태어났다. 뛰어난 농부가 되었고, 농부들을 이끄는 농장주가 되었다. 병졸이 되었고, 병졸들이 존경하는 소드 마스터가 되었다. 노예가 되었고, 노예들을 부리는 귀족이 되기도 했다.

수없이 많은 죽음을 거쳤고, 수없이 많은 삶을 살았다.

수없이 많은 시나리오를 거쳤다.

그렇게 자신만이 이 우주에서 특별한 존재라는 사실을 깨달았다.

'오직 나만이 모든 기억을 가지고 환생한다.'

그 사실이 그를 지독하게 외롭게 만들었다. 외로웠기에 그는 더 열심히 삶을 즐겼다. 마치 다시는 살아나지 못할 것처럼. 이번 '한 번'만이 전부인 것처럼 살았고, 자신이 살아온 방식을 다른 사람에게 가르쳤다.

그리고 언제나 혼자서 다시 살아났다.

그러던 어느 날 그에게 메시지가 들려왔다.

[당신은 거대한 시간의 바퀴에 걸려들었습니다.]
[당신의 윤회 회로가 시간의 바퀴에 종속됩니다.]
['만다라의 수호자'가 당신의 운명을 가엾게 여깁니다.]
[당신은 '제8612 행성계'의 시나리오에 참가했습니다.]

니르바나는 한 남자와 마주하게 되었다.

'유중혁.'

니르바나는 처음으로 자신처럼 삶을 반복하는 존재를 알게 되었다. 비록 방식은 다르지만, 자신과 마찬가지로 영원의 수레바퀴에 구속된 존재.

'너는 나와 같다.'

단지 그것만으로, 니르바나는 어떤 전율적인 구원을 받았다. 이 광활한 우주에서 자신을 이해해줄 유일한 존재.

'지난 생에는 실패했지. 하지만 이번에는 다르다.'

구원교주는 유중혁을 향해 다가가며 외쳤다.

"유중혁!"

불쾌하다는 듯 물러서는 유중혁을 보며 니르바나는 짙게 웃었다. 거대한 수레바퀴에 걸려들어 유중혁의 '시간' 속에 구속된 그날부터, 니르바나는 오직 이날만을 기다려왔다.

"유중혁! 나와 하나가 되어라!"

"개소리 말고 꺼져라. 죽여버리기 전에."

까칠한 태도에도 니르바나는 웃었다. 이제는 저 앙탈조차 귀엽게 느껴질 지경이었다.

'나를 싫어하는 척하지만, 사실은 누구보다 나를 원하는 것을 안다. 너는 내 힘이 필요하단 말이다!'

지난번에는 그를 배려해주다가 일을 망쳤지만, 이번에는 그러지 않을 것이다. 니르바나는 계속해서 외쳤다.

"내가 너를 도와주마. 지난 생의 실패를 잊었느냐? 오직 나만이 네 진정한 동료가 될 수 있다! 억겁의 톱니바퀴에서, 유일하게 너를 이해할……."

"너 같은 놈은 필요 없다."

"뭐?"

망연한 목소리로 되묻는 니르바나에게, 유중혁은 자신의 곁을 흘끗 바라보곤 말을 이었다.

"동료는 이미 있으니까."

3

나는 잠시 내 귀를 의심했다.

이 자식이 지금 뭐라고 했지?

[성좌, '악마 같은 불의 심판자'가 뒤늦게 나타나 주변을 두리번거립니다.]

[성좌, '은밀한 모략가'가 낄낄 웃으며 종전의 상황을 들려줍니다.]

[성좌, '악마 같은 불의 심판자'가 경악합니다.]

[성좌, '악마 같은 불의 심판자'가 한 번만 더 같은 대사를 읊어주길 간절히 기도합니다.]

니르바나가 믿을 수 없다는 듯 다시 한번 물었다.

"지금 뭐라고……."

[성좌, '악마 같은 불의 심판자'가 이 삼각관계를 좋아합니다.]

[성좌, '악마 같은 불의 심판자'가 2,000코인을 후원했습니다.]

삼각관계는 빌어 처먹을. 하얗게 질려가는 니르바나의 얼굴을 보며, 나는 뭔가 잘못되었다는 사실을 깨달았다.

한창 작전 잘 짜고 있었는데, 제기랄.

"야, 뭔 개소리야. 우리 동료 아니잖아?"

뒤늦게 잡아뗐더니 유중혁이 무표정한 얼굴로 대답했다.

"딱히 네놈을 염두에 두고 한 말은 아니었다."

그러나 유중혁의 의도가 무엇이었든 간에 사태는 이미 악화되는 중이었다. 입술을 바들바들 떨던 니르바나가 떨리는 목소리로 격정을 토했다.

"어째서 내가 아니라……."

섬뜩한 살기가 니르바나의 전신에서 방출되더니 그의 뒤에 거대한 만다라가 떠올랐다. 나는 반사적으로 몇 걸음 물러섰다. 유중혁 근처에 있는 인물은 왜 죄다 '동료'로 인정받지 못해서 안달인지 모르겠다.

"어째서 내가 아니라 다른 이와 하나가 된 것이냐!"

니르바나의 만다라에서 빛이 터져나왔다. 나는 황급히 유중혁을 향해 속삭였다.

"야, 그냥 너도 쟤 좋다고 해. 빨리."

"싫다."

"아 왜. 야, 그냥 눈 딱 감고 한 번만……."

내 귓속말에 니르바나가 분노를 토했다.

"내 앞에서 속삭이지 마라!"

그러자 유중혁도 큰 목소리로 말했다.

"난 남자한테는 관심 없다!"

[성좌 '악마 같은 불의 심판자'가 피를 토합니다.]

[2,000코인을 후원받았습니다.]

니르바나 또한 피를 토할 것 같은 표정이었다.

"나는 남자가 아니다!"

[성좌, '악마 같은 불의 심판자'가 당황합니다.]

"물론 여자도 아니지만!"

쿠구구구구!

이건 뭐 완전히 개판이군. 니르바나의 격앙에 맞춰 점차 강해지는 마력의 파형을 보며 내가 짜증을 냈다.

"뭘 뻘짓이야? 너 좋다잖아. 나중에 어떻게든 써먹을 수—."

"저놈은 위험하다."

제기랄, 망할 자존심은.

예상컨대 니르바나의 전투력은 최소 유중혁과 호각. 거기에 구원교도까지 모조리 덤빈다면 승산은 장담할 수 없었다.

"잠깐만요!"

결국 내가 앞으로 나서며 입을 열었다. 환생자는 앞으로 벌어질 상황에서 유용하게 쓸 수 있는 카드. 괜히 여기서부터 대적할 필요는 없었다.

"뭔가 오해가 있으신 모양인데, 저랑 말씀하시죠."

[등장인물 '니르바나 뫼비우스'가 이성을 잃은 상태입니다.]

"저희는 구원교와 적대할 생각이 없습니다. 얘가 표현에 서툰 녀석이라……."

나는 일부러 유중혁 어깨까지 두들기며 쇼를 했다.

"사실 저희도 교주님 밑으로 들어갈까 생각하던 참이었습니다. 미래는 잊어버리고 현재부터 살아라! 얼마나 좋은 말입니까? 중혁아, 너도 그렇게 생각하지?"

물론 그딴 교리에는 쥐뿔도 동감하지 않는다. '스타 스트림'의 세계에서 미래를 버리고 현재를 즐기면, 그냥 현재에서 뒈지게 된다. 그리고 나는 조금 덜 행복하더라도 더 오래 살고 싶다.

"……정말인가? 대답해라, 유중혁!"

내 연기가 먹혔는지, 니르바나의 기세가 조금씩 줄어들기 시작했다. 하지만 유중혁이 도와주지 않았다.

"헛소리다."

"아니, 잠깐만요!"

내가 다급하게 외쳤지만 때는 이미 늦었다. 니르바나가 까드득 이를 갈았다.

"역시 그랬군. 사이좋게 지옥으로 떨어져라!"

니르바나가 출수함과 동시에 나는 [책갈피]를 발동했다.

[현재 책갈피 스킬이 업데이트 중입니다.]

[낡은 책갈피를 새로운 책갈피로 교체합니다.]

[책갈피 교체 완료까지 5분 남았습니다.]

뭐? 하필 지금? 그사이 니르바나는 이미 세 걸음 앞까지 와 있었다. 마치 [바람의 길]이라도 사용한 것처럼 쾌속한 움직임이었다.

……아니, 진짜 [바람의 길]이잖아?

녀석의 전생 중에 클로노스의 이뮤타르 종족이 있었다는 사실이 뒤늦게 떠올랐다.

"비켜라."

유중혁이 내 앞으로 끼어들었다. 니르바나의 주먹에 맺힌 만다라와 유중혁의 '진천패도'가 부딪치며 건물이 무너지는 듯한 폭음이 터졌다. 니르바나가 말했다.

"아주 애틋한 우정이군. 동료를 먼저 생각하신다 이건가?"

"김독자, 물러서라! 이 녀석은……!"

"안됐지만."

니르바나의 말이 더 빨랐다. 아니, 말뿐만 아니라 행동도 더 빨랐다.

"네 동료는 죽을 것이다."

니르바나가 뭐라 주문을 외우는 순간, 칼날을 맞댄 유중혁의 몸이 석상처럼 굳어버렸다.

[등장인물 '니르바나 뫼비우스'가 성흔 '영겁의 악몽 Lv.8'을 사용했습니다.]

나도 그 기술을 알고 있었다. 유중혁에게 가장 치명적인 기술이었다.

파츳, 파츠츠츳.

굳어진 유중혁의 몸에서 스파크가 튀었다. 고장 난 깡통 로봇처럼, 유중혁이 삐걱대며 내 쪽으로 고개를 돌렸다. 나를 보고 있지만 나를 보는 눈빛이 아니었다.

도……망……쳐라.

유중혁은 지금 자신이 만든 가장 끔찍한 트라우마의 감옥에 갇혀 있을 것이다. 오직 하나의 악몽만 반복해서 재생되는 기억의 감옥. 언젠가 극장 던전에서 보스 시뮬라시옹이 쓴 기술보다 상위의 정신계 스킬이었다.

"이리 오려무나, 건방진 중생아."

유중혁의 허점을 파고들 정도 실력에 최고 수준의 정신계 스킬까지. 믿기지 않는 솜씨였다. 아무리 환생자라도 개연성의 영향은 받는다. 이 시점에 이만한 전투력을 가지는 것은 불가능할 텐데.

나는 니르바나의 호리호리한 근육을 노려보았다.

"내 친히 너를 성불시켜줄 터이니."

설마 근접계 스킬을 버리고 정신계 스킬과 가속계 스킬에 모든 걸 투자했나? 만약 그렇다면 이해가 간다. 지금의 니르바나는 정신력이 개복치인 유중혁에게 완벽한 카운터 캐릭터인 셈이었다.

하지만 어떻게 그렇게 딱 맞춰서 스킬을 올릴 수 있었을까?

누군가가 정보라도 주지 않은 한⋯⋯.

"달아나요!"

다가오는 니르바나를 민지원과 화랑들이 막아섰다. 유중혁을 제압할 정도의 실력자 앞에서도 그녀는 물러서지 않았다.

"빨리요! 당신마저 당하면 서울에 희망이 없어요!"

"미희왕."

민지원을 보며 니르바나가 흡족하게 웃었다.

"지난번에는 잘도 달아났건만 드디어 내 사상에 감화된 모양이구나!"

이미 둘은 마주친 적이 있는 모양이었다.

"죽을 걸 알면서도 덤벼들 수 있다니 뭔가 깨달았다는 말이겠지. 선재, 선재로다. 현재만이 인간의 전부로다!"

"빨리 가요! 당신 혼자로는 무리예요! 유상아 씨도, 정희원 씨도, 전부⋯⋯!"

미희왕의 말이 이어지기도 전에 니르바나가 움직였다. 십여 명의 화랑이 니르바나를 향해 덤벼들었지만, 애초에 상대가 안 되는 싸움이었다.

니르바나는 가볍게 손을 움직여 달려드는 화랑들 이마에 가져다대었고, 화랑들은 손이 닿는 족족 그 자리에 쓰러져버렸다. 놈의 [사상 감염]이 발동한 것이다.

"으, 으어, 으아아아!"

쓰러진 화랑들이 몸을 쥐어뜯으며 고통스러워하기 시작했다.

"인세ㅅ뀨는 지옥이다!"

통렬한 외침과 함께 뒤쪽에서 구원교도가 몰려왔다.

"현재를 위해 죽어라!"

"우리가 살아갈 곳은 오늘뿐!"

격언을 협박처럼 읊는 교도들이 나와 화랑에게 덤벼들었다. 내가 교도를 향해 살수를 전개하는 사이, 니르바나는 어느새 미희왕의 이마를 짚고 있었다.

"걱정 마라 미희왕. 난 아름다운 생물을 좋아한다."

"으, 으으으……."

"그러니 너를 죽이지는 않겠다."

[등장인물 '니르바나 뫼비우스'가 '사상 감염 Lv.9'을 발동합니다!]

백색의 아우라가 니르바나에게서 뻗어나와 미희왕을 옭아매기 시작했다. 촉수처럼 머리를 관통하는 아우라의 줄기들.

"너의 '현재'를 받아들여라."

"싫어! 싫어……!"

줄기를 통해 미희왕의 숨겨진 욕망이 뭉게뭉게 흘러나왔다. 니르바나가 그녀의 욕망을 비웃었다.

"동료가 죽어나가는 이 와중에 고급 스파에 가고 싶다고? 얼빠진 중생이로군."

"아, 아냐. 나는……."

"너는 여전히 화려한 인생을 즐기고 싶은 거야. 배우이던 시절처럼 많은 사람에게서 관심받고 싶고, 추앙받고 싶겠지. 그래서 왕이 된 거다."

니르바나는 뭐가 그리 즐거운지 대소하고 있었다.

"네 욕망을 받아들여라. 동료가 죽어가는 이 와중에도 그런 한심한 생각이나 하고 있는 너를 인정해. 그게 너라는 인간이다. 그 욕망을 부정하면 너는 아무것도 아니게 되는 거야."

미희왕의 눈빛이 점차 탁하게 물들었다. 폭력적으로 욕망을 납득시켜 사람의 시간을 오로지 '현재'에만 고착시키는 스킬.

저것이 바로 '구원교도'가 되는 과정이다.

빌어먹을, 책갈피는 아직…….

['책갈피' 업데이트가 완료됐습니다!]

됐다!

[업데이트로 인해 '책갈피'의 사용 효율이 20퍼센트 상승합니다.]

나는 [책갈피]를 가동했다.

[전용 스킬, '바람의 길 Lv.9'이 활성화됩니다!]

쏜살같이 바람을 밟아 허공을 날았다. 책갈피 효율이 올라
가서 그런지 [바람의 길] 레벨까지 상승했다. 좋아, 이거라면
승산이 있을지도 모르겠다. 당황한 니르바나를 향해 나는 '신
념의 칼날'을 전개했다.

스가가각! 니르바나는 아슬아슬하게 칼날을 피했지만, 앞
섶이 크게 베인 채 나가떨어졌다. 나는 민지원을 부축했다.

"괜찮아요?"

"아, 아……."

"괜히 죄책감 갖지 마요. 이런 세상에서 가장 평화롭던 순간
을 그리워하는 건 지극히 정상이니까. 나도 방구석에 드러누
워서 판타지 소설이나 읽고 싶어요."

저만치 물러났던 니르바나가 다시 방향을 돌려 내 쪽으로
날아왔다. 손아귀에 만다라의 형형한 빛살이 차오르는 게 보
였다. 나는 '신념의 칼날'을 휘둘렀다.

불꽃이 튀고 손이 아팠지만 생각보다 버틸 만했다. 환생자
니르바나는 유중혁의 [전승]과 비슷한, [계승] 스킬을 가지고
있다. 자신이 산 과거의 삶에서 스킬을 계승하는 것이다.

내 예상대로 이번 생의 녀석은 근접계보다는 정신계와 가속계 스킬을 집중적으로 숙련한 모양이었다.

"어떻게 [바람의 길]을 쓸 수 있지? 설마……."

쳐올리는 칼날을 받아낸 니르바나가 인상을 찌푸리면서 물었다.

"설마 네가 '중립'이 말한 그놈인가?"

"내가 좀 유명하지?"

"건방진 놈!"

니르바나의 수장手掌과 '신념의 칼날'이 다시 한번 격돌했다. 놈의 만다라가 기이한 형상을 그리더니 백색의 아우라를 연달아 발출했다.

[등장인물 '니르바나 뫼비우스'가 '사상 감염 Lv.9'을 발동합니다!]

그렇게 나올 줄 알았지.

"현재를 살아라! 네 욕망을 받아들여라!"

니르바나의 몸에서 솟구친 백색 아우라가 곧장 나를 향해 파고들었다. 하지만 나는 아우라를 피하지 않았다.

"인간은 욕망의 노예가 아냐. 욕망과 싸우는 동물이지."

[전용 스킬, '제4의 벽'이 활성화 중입니다.]

ㅊㅊㅊㅊㅊ츳!

나를 파고들던 백색의 아우라가 순식간에 녹아 없어졌다.

미안하지만 네 사상은 절대로 나한테 먹히지 않는다. 왜냐하면 내 '현재'는 이곳에 있지 않으니까.

['제4의 벽'의 효과가 '사상 감염'의 효과를 완전히 무효화하였습니다.]

나는 기동 자세를 갖추고는, 경악한 니르바나를 향해 돌진했다.

27
Episode

읽을 수 없는 것

(1)

Omniscient Reader's Viewpoint

1

　　[제4의 벽]의 반탄력反彈力에 정신 공격이 튕겨나가고, 뒤이어 날아든 [백청강기]에 크게 베이자 니르바나는 몹시 놀란 표정이었다.

　　"대체 무슨 수를 쓴 거지?"

　　"딱히 무슨 수를 쓴 건 아냐. 이야기의 힘인 거지."

　　"뭐?"

　　딱히 구원교 교리를 믿지는 않지만, 나 역시 동의하는 게 하나 있다.

　　"당신이 말했잖아. '강함과 약함은 이야기에 의해 결정되는 것'이라고."

　　수십 년간 체력을 꾸준히 단련한 전사라 해도, 마법 방어 스킬을 익힌 경험이 없다면 결국 마법사의 밥일 뿐이듯, 결국 강함과 약함이란 그 인물이 쌓아온 생의 역사에 의해 결정된다.

"이번 생에 근접 스킬 안 올린 네 잘못이야. 유중혁의 약점만 노리니까 이렇게 되지."

일이 이런 식으로 풀릴 거라고는 생각 못 했다.

무언가가 니르바나의 성장 과정에 영향을 주었고, 이번 회차의 니르바나는 유중혁의 카운터가 되었다. 하지만 그 때문에 나에게는 상성상 불리한 존재가 된 것이다.

내 말투에서 뭔가를 읽어낸 니르바나의 눈빛이 흔들렸다.

그는 나를 가만히 노려보더니 말했다.

"네 이름을 알고 있다. 김독자."

"일단 통성명인가? 좋아, 니르바나 뫼비우스. 이야기할 마음이 생긴 모양이지?"

허공의 만다라에서 빛이 꺼졌다. 환생자가 괜히 환생자는 아니다. 마치 다른 자아의 스위치가 켜지듯, 흥분했던 니르바나는 사라지고 어느새 평정심을 되찾은 니르바나가 눈앞에 있었다.

"몇몇 성운이 내게 경고했지. 너를 조심하라고. 이 타이밍에 나타날 줄은 몰랐지만."

몇몇 '성운'이라…… 내가 주목을 끌기는 한 모양이다.

"어떻게 그렇게 강력한 정신 방벽을 얻었지? 지금껏 내 사상에 감염되지 않은 것은 안나 크로프트뿐이었는데."

익숙한 이름에 나는 쓴웃음을 지었다. 그 여자가 벌써 환생자까지 건드렸군. 이상한 일은 아니었다. 안나 크로프트라면 벌써 통신체로 세계의 강자들에게 접선을 시작했을 테니까.

세계를 구하기 위해서라면 그 여자는 악마에게 영혼이라도 팔 것이다.

내 표정에서 뭔가 읽었는지 니르바나가 물었다.

"너…… 예언자를 아는군. 대체 뭐 하는 놈이지? 설마 네놈 도 회귀자인가? 아니면……."

[성좌, '악마 같은 불의 심판자'가 이야기에 흥미를 갖습니다.]
[성좌, '은밀한 모략가'가 조용히 상황을 관조합니다.]

슬슬 정보 필터링도 조금씩 해금될 것이다.

회귀자라든가 환생자에 관한 정보도 성좌들 귀에 들어가기 시작할 테고. 대성운에 소속된 윗놈들이야 벌써 알겠지만.

"재미있는 중생이구나. 수백 년 넘게 살아온 나를 궁금하게 만들다니."

"넌 말이 너무 많아. 그러니 앞으로도 유중혁을 얻긴 힘들 거야."

"하하하핫! 네놈이라면 흔쾌히 구원교도로 받아주마."

"아까라면 흔쾌히 받아들였겠지만—"

[고행 속에 불경을 읊는 한 성좌가 당신에게 궁금증을 표합니다.]

나는 허공에 떠오른 메시지를 읽으며 말을 이었다.

"지금은 사양하지. 날 후원하는 녀석 중 네 배후성을 끔찍이 싫어하는 존재가 있거든."

[성좌, '긴고아의 죄수'가 '니르바나 뫼비우스'의 배후성에게 적의를 드러냅니다.]

니르바나의 입이 살짝 벌어졌다.

"원숭이 왕? 왜 그가 너를 쫓아다니지?"

"거야 나도 모르지."

"네가 더욱 궁금해졌다. 내 밑으로 들어와라. 물론 유중혁도 함께."

"싫다니까."

"이 세계의 비밀이 궁금하지 않으냐? 나는 이 세계의 종말 이후에도 네가 살아남도록 도와줄 수 있다. 시나리오의 실패 와는 아무 상관도 없이 말이다."

솔깃한 말이었다.

내가 '독자'가 아니었다면 진즉에 승낙했을지도 모르겠다.

"너도 나와 '하나'가 되는 것을 허락하마!"

니르바나의 등 뒤에서 다시 만다라가 환하게 빛나기 시작 했다.

천천히 회전하는 거대한 만다라 위에 수백 명의 얼굴이 도 드라지게 양각陽刻되어 있었다. 얼굴들은 곧 원한에 찬 비명을 질러댔다. 모두 니르바나와 '하나'가 된 인간이었다.

"닥치고 덤벼, 변태 새끼야."

"응하지 않는다면 강제로 가질 수밖에 없겠군."

불리한 상황에도 니르바나의 표정에는 여전히 여유가 넘쳤다. 어쨌든 상대는 환생자. 거듭된 삶을 살아온 만큼 나보다 전투 센스가 훨씬 뛰어났다.

시간이 지날수록 내 움직임은 녀석에게 읽힐 테고, 불리한 싸움이 시작되겠지.

그렇다면 그 전에 싸움을 끝내는 것이 답이다.

슈우우우!

백색의 강기가 휘감긴 만다라가 내 품으로 날아들었다. 나는 망설이지 않고 그 일격을 향해 몸을 날렸다.

[전용 스킬, '소형화 Lv.1'를 발동합니다!]

[소형화의 효과로 당신의 육체가 줄어듭니다.]

몸이 급속도로 작아져서 일격은 무위로 돌아갔다. 니르바나가 웃었다.

"이런 잔재주까지?"

과연 잔재주일까?

[소형화의 효과로 당신의 모든 장비가 크기에 알맞게 변형됩니다.]

[스킬 레벨이 낮아 지속 시간이 짧아집니다.]

[소형화의 지속 가능 시간은 2분입니다.]

내가 그 좋은 스킬을 내버려두고 굳이 [소형화]를 택한 이유. 오직 [소형화]만이 나를 내가 아는 가장 강력한 존재로 만들어줄 수 있기 때문이었다.

"5번 책갈피, '키리오스 로드그라임'을 선택하겠다."

[당신의 육체 구성이 해당 등장인물과 흡사함을 확인했습니다.]
[해당 등장인물의 수준이 너무 높아 스킬 수준을 온전히 재현할 수 없습니다.]
[활성화되는 스킬의 레벨이 강제로 조정됩니다.]

용솟음치는 백청의 기운이 심장에 깃들었다. 하늘을 부수고 천둥을 뽑아내는 힘. 막강한 뇌전의 기운에 창백해진 니르바나의 얼굴이 보였다.

"아직도 잔재주로 보이냐?"

니르바나가 아무리 강하다 해도 현시점에서 키리오스의 힘을 넘는 것은 불가능하다.

[전용 스킬, '전인화 Lv.10'가 활성화됐습니다.]

뇌전이 전신을 휘감았고, 주먹으로 번개의 구름이 모이기 시작했다. 환생자를 이용할 수 없다면 차라리 여기서 없애는 편이 낫다.

나는 니르바나를 향해 주먹을 힘껏 내뻗었다.

"또 인간으로 태어나길 기도하라고."

일대를 기화시켜버리는 뇌전이 니르바나의 옆구리에 작렬했다.

니르바나가 끔찍한 비명을 질렀고, 화신들의 고함이 들렸다. 소형화 레벨이 낮아 야마타노오로치를 상대할 때만큼의 위력은 나오지 않았지만, 스킬이 스킬인 만큼 공격력이 엄청났다.

폭음이 멎고 먼지구름이 걷혔을 때, 니르바나는 옆구리에 커다란 구멍이 뚫린 채 저만치 나가떨어져 있었다.

"쿠에에에에엑!"

녀석이 왈칵 핏덩이를 토했다. 심각한 타격을 받은 것 같기는 했지만 만족스럽지는 않았다. 살아 있다고? 그걸 맞고? 이상한 일이었다. 아무리 환생자라도 그 공격을 맞고 버틸 수는 없을 텐데?

녀석의 신체 위로 연꽃잎이 자라났다. 어떻게 된 일인지 알 것 같았다. 잠깐, 저 성흔은 개연성 때문에 아직 못 쓸 텐데?

"고작 이런 곳에서 내 기억을……."

까드득, 이를 가는 듯한 목소리. 연꽃잎 위로 희미하게 튀는 스파크를 보니 놈이 어떻게 살아 있는지 알 것 같았다.

[설화 지불].

자신이 쌓은 설화를 대가로 배후성에게 힘을 빌린 것이다.

"나중에 다시 만나자."

녀석의 몸이 커다란 연꽃잎에 덮여갔다. 나는 녀석을 향해 몸을 날렸다.

츠츠츠츳— 콰드득!

내지른 주먹으로 놈의 심장을 꿰뚫었지만 니르바나는 웃고 있었다.

불가의 호세사왕護世四王처럼 일그러진 얼굴로.

"너는 '현재'를 거스른 대가를 받게 될 것이다. 가장 끔찍한 방식으로."

터뜨린 심장을 중심으로 신체가 부서지더니 이내 연꽃잎으로 변해 흩날리기 시작했다. 나는 사라지려는 녀석을 향해 손을 뻗었다.

"기다려!"

다음 순간, 니르바나는 찢어진 왼팔과 흩날리는 연꽃잎만 남긴 채 사라졌다.

[등장인물 '니르바나 뫼비우스'가 성흔 '무소유 Lv.7'를 사용했습니다.]

무소유. 기억 일부를 버리고 위험에서 탈출하는 성흔.

녀석은 자신의 환생 기억을 대가로 지불하고는 내게서 벗어난 것이었다.

"교, 교주님!"

"교주님! 어디 가셨습니까!"

당황한 구원교도들이 무너지고 있었다. 이미 달아나는 자도 있었다. 자신이 믿던 존재가 눈앞에서 패퇴했으니 충격이 이

만저만 아니겠지.

뿔뿔이 흩어지는 구원교도 무리를 보며 나는 가까스로 한숨이 놓였다. 몸에서 모락모락 연기가 피어오르더니 [소형화]와 [책갈피]가 동시에 해제되었다. 혹사당한 근육이 통증을 호소해왔다. 니르바나를 죽이지는 못했지만 몇 가지 수확은 있었다.

[성좌, '긴고아의 죄수'가 당신의 승리에 기쁨을 감추지 못합니다.]
[10,000코인을 후원받았습니다.]

내 승리를 본 신규 화신들이 믿을 수 없다는 듯 서로 돌아보고 있었다.

"구원교주가 졌어!"

"저 화신 대체 누구야?"

"잠깐만, 저 얼굴, 저거……!"

누군가가 나를 가리키며 외쳤다.

"설마…… 가장 못생긴 왕?"

나는 그들을 무시하고 유중혁을 찾았다. 저 멀리 마비에서 풀려나 비틀대는 유중혁이 보였다. 개복치 자식, 하여간 중요할 때는 도움이 안 된다니까.

"야, 괜찮냐?"

유중혁이 어지러운 듯 이마를 짚은 채 나를 보았다.

"환생자는?"

"달아났다."

"한심하군. 놓친 건가?"

"도와는 주고 그딴 소리 하든가."

유중혁의 표정은 심각했다.

"빨리 놈을 쫓아야 한다. 놈의 목적은 시나리오를 클리어하는 게 아니다."

"나도 알아 인마."

"아는 놈이 그걸 내버려둔 건가? 열 번째 시나리오가 끝나기 전에 환생자를 잡지 못하면 서울은……."

[성좌, '악마 같은 불의 심판자'가 뒤늦게 정신을 차립니다.]
[성좌, '악마 같은 불의 심판자'가 자신이 이곳에 온 이유를 설명하고 싶어합니다.]

우리엘의 말에, 유중혁과 나는 동시에 허공을 올려다보았다.

[성좌, '악마 같은 불의 심판자'가 당신들의 도움을 필요로 합니다!]

간접 메시지의 한계 때문에 정확한 상황 파악은 무리였지만, 무슨 일이 일어났는지 추측하기는 어렵지 않았다. 우리엘은 정희원의 배후성이었다. 그런데 정희원에게 있어야 할 우리엘이 이곳에 왔고, 정희원과는 연락이 끊어진 상황. 그렇다는 건……

"민지원 씨. 혹시 정희원 씨가 어디 있는지 아십니까?"

하지만 민지원은 아직 정신을 못 차리는 상태였다.

이쪽은 안 되겠군.

"유중혁, 날 지켜라."

"뭐?"

나는 곧바로 눈을 감은 채 의식을 집중했다. 잠드는 연습도 반복하다 보니 꽤 익숙해졌다. 서서히 몸이 바닥으로 가라앉는 느낌과 함께 사방에서 어둠이 몰려왔다. 얕은 잠에 빠져든 느낌과 동시에 나는 [전지적 독자 시점]을 사용했다.

목소리를 찾아야 한다. 나를 찾는 목소리를.

그러나 들려오는 목소리는 없었다. 점점 불안해졌다. 떨어지면 제일 먼저 나부터 생각하라고 말해두었는데…… 역시 문제가 생긴 건가?

'독자 씨.'

처음으로, 누군가가 나를 불렀다. 시야가 일그러지며 [3인칭 관찰자 시점]이 발동했다. 다음 순간, 나는 눈앞의 화면에 기겁하며 신음을 흘렸다.

「화르르르르륵!」

화면 전체에 넘실거리는 새하얀 불길. 모든 것을 녹여버리는 심판의 성흔이 빌딩 숲을 불태우고 있었다.

물어볼 필요도 없었다.

이건 틀림없이 정희원의 [지옥염화]다. 다행이다. 정희원은 아직 살아 있구나. 그런데…… 이상하다. 이건 정희원의 시야가 아닌데?

잠시 후 불꽃 속에서 나타난 정희원의 이마에 연꽃 문양이 빛나고 있었다.

망할, 벌써 니르바나에게 당했군.

하긴 유중혁도 당했는데 정희원이 멀쩡하다면 그것도 이상한 일이겠지. 하지만 의문은 남아 있었다. 그럼 나를 부른 사람은 대체 누구지?

「"정희원 씨?"」

순박한 군인의 목소리. 이현성이었다.

「쿠구구구구!」

폭음과 함께 화면이 부서질 듯이 진동했다. 주변 화신들이 조각조각 터져나갔고, 불길이 닿은 일대가 모조리 잿더미로 변했다.

위치를 보니 내가 당장은 도울 수 없는 지역이었다. 이대로라면 어떤 결과가 닥쳐올지 뻔했다. [사상 감염]에 맛이 간 정희원은 망설이지 않을 테고, 순진한 이현성은 그녀의 칼날 앞에 속수무책으로 당하고 말 것이다.

젠장, 어떻게 해야 하지?

"커헉!"

갑자기 어둠이 개며 화면이 모조리 깨져나갔다. 강한 구토 감을 느끼며 눈을 뜨자 험악하게 인상을 찌푸린 유중혁이 보였다.

"갑자기 그렇게 잠들면 어쩌자는 거지?"

입에서 침이 질질 흐르고 명치가 엄청나게 아팠다.

이 자식이 지금 나를 때려서 깨웠나?

……잠깐만, 때려?

어떤 깨달음이 머릿속을 스쳤다.

그래, 그렇구나. 정말 싫지만, 두 사람을 구하려면 역시 그 수밖에 없다. 나는 유중혁을 채근했다.

"야, 한 대 더 쳐봐. 엄청 세게."

"……뭐?"

오해의 소지가 있는 발언이었나. 그러면 역시 확실하게 말해줘야겠지.

"아니, 당장 나를 죽여."

2

누구에게나 인생의 숙제로 남는 말이 몇 가지 있다.

이현성에게도 그런 것이 있었다. 가령 막 대학생이 된 시절, 이현성이 교양 수업에서 가장 많이 들은 말은 이러했다.

'여러분, 창의적인 사람이 되어야 합니다!'

'남이 하지 않는 생각을 하세요!'

'지금 이 자리를 박차고 일어날 수 있어야 합니다! 자신이 하고 싶은 것을 찾아 떠나세요!'

강단에 선 철학과 교수의 말을 들으며 이현성은 생각했다.

'그러니까…… 그걸 어떻게 하라는 거지?'

어려서부터 규칙적으로 학교에 가고, 밥을 먹고, 잠을 자며 살아온 이현성에게 교수의 요구는 너무나 갑작스러웠다. 지금까지는 정해진 대로만 움직이라고 하더니, 왜 한 번도 해본 적

없는 일을 강요하지?

창의력은 뭐고, 남이 안 하는 생각이란 뭐란 말인가. 왜 갑자기 그런 걸 해야만 살아갈 수 있는 세계가 되었지? 그럼 내가 지금까지 해온 건 뭔데?

대학 생활 내내 이현성은 방황했고, 그러다 군대에 가게 되었다.

'내가 보니까 너는 천생 군대 체질이야. 간부사관 한번 지원해봐.'

그때 행보관에게 그 말을 듣지 않았더라면, 지금 그의 삶은 어떻게 되었을까. 모를 일이었다. 선택하지 않은 미래에 관해 그가 알 수 있는 건 없으니까.

어쨌거나 그는 필연처럼 군인이 되었고, 그 선택을 지금껏 후회하지 않고 살아왔다. 사회가 어렵고 사람이 난해하던 그에게 군대는 편안한 곳이었다. 소위 임관 후 이현성을 다시 만난 행보관은 축하 인사와 함께 이렇게 말했다.

'이 소위, 잘 모르겠을 때는 무조건 매뉴얼대로 해요. 그러면 누구도 책임을 묻지 않을 테니.'

건배사 대신 들은 말이던가. 기억들이 일주일 전 먹은 점심 메뉴처럼 희뿌옜다. 다만 지금 행보관을 다시 만날 수 있다면 꼭 묻고 싶은 말이 있었다.

'행보관님, 그럼 이럴 땐 어떻게 해야 합니까?'

다가오는 [지옥염화]의 불길을 보며 이현성은 입술을 깨물었다.

'이런 경우에 대한 매뉴얼은 없단 말입니다.'

차라리 복무신조를 외칠 때가 편했다는 생각이 들었다. 이현성은 목이 터지도록 외쳤다.

"정희원 씨! 정신 차리십시오! 제발!"

복무신조가 병사들 마음을 움직이지 못하듯, 그의 목소리도 정희원에게는 닿지 못했다. 간발의 차이로 건물 뒤로 숨자 지옥의 화염이 바닥을 뒤덮었고, 주변에 있던 화신들은 고통 속에 불타올랐다.

"끄아아아악!"

"살려줘!"

이현성은 그중 누구도 살릴 수 없었다. 수많은 매뉴얼 조항이 머릿속을 스쳤으나 눈앞의 죽음을 막을 방법은 없었다. 허망하게 뻗은 팔 너머로 또 하나의 화신이 잿더미가 되어 스러졌다. 행동이 되지 못한 그의 정의를 비웃듯이.

지옥불의 열기에, 정희원의 모습이 아지랑이처럼 일렁이고 있었다.

[성좌, '강철의 주인'이 당신을 가만히 바라봅니다.]

배후성의 시선을 받으며 이현성은 입술을 깨물었다.

'독자 씨. 이럴 땐 대체 어떻게 해야 합니까.'

싸워야 하나? 멈출 수 있을까?

정희원이 점점 다가왔다. 이현성은 꾹 쥔 주먹을 떨었다. 이

떨림의 의미가 무엇인지, 자꾸만 망설이는 이 마음이 대체 어디에서 오는지, 왜 자신은 이 장소를 벗어날 수 없는지 이현성은 아무것도 알 수 없었다.

어려운 것은 세계가 아니다. 어려운 것은 자기 자신이었다.

'독자 씨, 제발 해답을 알려주십시오!'

이현성은 기상 악화로 훈련이 취소되길 바라는 예비군처럼 기도하고 또 기도했다. 그런데 놀랍게도 돌아올 리 없는 기도의 대답이 돌아왔다.

─이현성 씨.

환청이라고 생각했다.

─제 말 들리십니까?

하지만 환청이 아니었다. 주변을 둘러보아도 목소리가 들려오는 곳은 없었다. 즉 소리는 머릿속에서 들려오는 것이었다.

"독자 씨!"

이것도 혹시 적의 함정인가? 적의 술수라 해도 믿고 싶은 심정이었다.

─일단 달아나면서 고민해보죠. 두 가지 방법이 있어요.

이현성은 벌떡 일어나 달리기 시작했다. 함정이 아니다. 이런 식으로 서두를 여는 사람은 오직 한 명뿐이니까.

뒤쪽에서 정희원이 쫓아오고 있지만 이제는 두렵지 않았다. 호흡은 빠르게 안정되었고, 머릿속은 새로운 명령을 받아들일 준비를 마쳤다. 임무 수행을 위해 긴장한 근육이 불끈거리기 시작했다.

—하나는 정희원 씨를 죽이는 겁니다.

"……익숙한 선택지군요."

김독자는 늘 이런 식이었다. 처음 만났을 때부터 그랬다. 가
장 안전하고 잔인한 해결책을 먼저 내놓는다. 그리고 일행들
스스로 그것을 거부하게 만든다.

"다른 하나는, 이대로 도망치는 겁니까?"

—맞습니다.

"그럼 늘 그랬듯 세 번째 방법으로 하겠습니다."

김독자의 해결책은 언제나 세 번째가 정답이다. 어떤 상황
이든 세 번째를 생각해내는 사람. 그게 김독자니까.

그래서 이현성은 이번에도 믿었다. 하지만.

—이현성 씨. 이번엔 세 번째가 없습니다.

❈ ❈ ❈

물론 세 번째 방법은 있었다. 다만 때를 기다려야 한다.

['전지적 독자 시점' 3단계가 활성화 중입니다.]

['1인칭 조연 시점'이 현재 불완전한 상태입니다.]

하필이면 상대가 [지옥염화]를 쓰는 정희원이라니. 상대가
안 좋아도 너무 안 좋았다. 하긴 누구라고 달랐겠냐만.

"……왜 항상 그런 식인 겁니까!"

헉헉대는 숨소리를 뱉으며 이현성이 외쳤다. 1인칭 시점으로 [지옥염화]의 열기가 고스란히 느껴졌다. 정희원은 서울 전체를 불바다로 만들 기세로 검을 휘두르고 있었다. 사실 내가 제시한 첫 번째 방법과 두 번째 방법 중 어느 쪽을 택해도 결과는 같을 것이다.

이현성이 정희원을 죽이든, 달아나든.

저대로 두면 정희원은 마력이 폭주해 사망하게 된다.

결국 정희원은 죽고 마는 것이다.

그것이 빌어먹을 '니르바나'의 시나리오였다.

"정희원 씨를 죽이라니, 그런 조언이나 하려고 오셨습니까?"

정희원이 다가오고 있었다. 아군일 때는 살짝 긴가민가했는데 적이 되니 확실히 알겠다.

멸악의 심판자, 정희원은 강하다.

[심판의 시간]을 사용하지 않더라도, 그녀는 [귀살]의 소유자다. 거기다 우리엘의 성흔인 [지옥염화]를 무자비하게 뿌려대는 실력까지. 내가 모은 동료 중 최강의 전력이었다.

저렇듯 폭주해버린 정희원을 죽이지 않고 제압하는 것은, 지금의 유중혁이라도 불가능에 가까웠다.

"그런 방법, 저는 받아들일 수 없습니다."

대체 무슨 용기였을까. 이현성이 정희원을 향해 다가가기 시작했다.

—잠깐만요, 이현성 씨!

"정희원 씨! 정신 차리십시오!"

이현성은 달렸다. 내게, 혹은 나라는 '매뉴얼'을 믿은 자기 자신에게 분노하듯이.

꽈아아아앙!

이현성의 [태산 밀기]와 정희원의 [지옥염화]가 충돌했다. 하지만 태산조차 밀어내는 손바닥도 대천사의 불길을 뚫기에는 역부족이었다. 곧 이현성의 오른팔이 새하얀 빛을 뿌리며 뚝뚝 녹아내리기 시작했다.

"정희원 씨!"

이현성의 외침은 고통에 겨웠고 처절했다. 이현성은 잃어버린 오른팔을 내버려두고 다시 왼팔을 뻗었다. 나는 다급히 외쳤다.

―이현성 씨, 도망치면 둘 중 하나는 살 수 있습니다.

"싫습니다."

―도망친다고 해서 누구도 당신에게 책임을 묻지 않을 겁니다.

"싫습니다!"

―저를 매뉴얼처럼 생각하신 거 아닙니까? 그럼 제 말을 들으십시오!

"그런 매뉴얼을 기대한 게 아닙니다!"

이현성의 대답은 뜻밖이었다. 동시에 더없이 이현성다운 대답이기도 했다. 사람은 누구나 모순되어 있다. 매뉴얼을 잘 따르는 사람은 사실 누구보다도 매뉴얼을 증오한다. 창의적인 사람이 실은 누구보다도 체제에 종속되고 싶어하듯.

그 모순을 돌파할 때 '설화'는 시작된다.

"그렇게 포기할 수는 없습니다! 결과가 안 좋다고 해도, 설령 여기서 제가 죽는다고 해도!"

제아무리 이현성이어도 신유승조차 녹여버린 [지옥염화]에 저항하는 것은 무리였다. 이내 왼팔도 녹아내렸고, 오른발마저 녹기 시작했다. 그럼에도 이현성은 저항했다. 불빛 속으로 뛰어드는 부나방처럼, 어떻게든 정희원에게 닿고자 했다.

오른쪽 무릎 아래가 사라지며 비틀거리는 그를 향해, 내가 말했다.

—그렇군요. 잘하셨습니다.

이현성은 대답이 없었다. 나는 씁쓸하게 웃으며 말했다.

—왜냐하면, 그게 바로 '세 번째 방법'이니까요.

세 번째 방법은 내가 알려준다고 사용할 수 있는 게 아니었다. 이현성 스스로 결심해야 했다.

될지 안 될지는 사실 나조차 확신이 없었다.

그럼에도 이 길을 선택했다. 정희원을 보는 순간 이현성의 마음속에서 일어난 희미하고 안타까운 감정을 발견했기 때문이다.

—매뉴얼 없이, 당신 스스로 찾아낸 방법입니다.

불길 속에서 무너지며 이현성이 웃었다.

"독자 씨, 그동안 감사했습니다."

그 순간 이현성의 몸속에서 일어나는 환희를, 나는 이현성과 함께 느낄 수 있었다. 스스로 모순을 깨고, 죽음에 맞선 대답을 내놓은 인간만이 도달할 수 있는 감정.

　아마도 이 감각이, 니르바나가 그토록 도달하고 싶어한 실존實存일 것이다. 니르바나가 보았다면 기막혀 할 일이었다. 정희원을 감염시켰는데, 누구보다 현재를 사는 사람은 바로 이현성이니까.

　—감사는 됐습니다. 지금부터니까요.

　설화의 시작은 충족되었다. 이제 이 이야기의 지속을 결정하는 것은 관람객의 몫이다. 누구보다 섬세한 시선으로 이현성을 읽고 있던, 단 하나의 별.

　—강철의 주인. 지고한 '스타 스트림'에서 가장 굳건한 존재여.

　나는 천천히 말을 이었다.

　—이제 응답할 때도 되지 않았습니까?

　[성좌, '강철의 주인'이 당신의 말을 듣습니다.]

　성좌 '강철의 주인'. 우주에서 가장 단단한 금속의 지배자이자 강철검제 이현성의 배후성. 나는 곧바로 본론으로 들어갔다.

　—당신의 화신에게 기회를 주시죠.

　[성좌, '강철의 주인'이 침음합니다.]

―압니다. 당신도 섣불리 개연성을 감당하기가 두렵겠죠.

[성좌, '강철의 주인'이 눈을 감습니다.]

―하지만 언제까지 주변 성운들 눈치만 볼 겁니까? 시나리오의 종말이 올 때까지 넋 놓고만 있을 겁니까?

이현성은 할 만큼 했다. 그러니 이제 선택권은 그의 배후성에게 있다.

[성좌, '강철의 주인'이 화신 '이현성'의 용기를 인정합니다.]
[성좌, '강철의 주인'이 그럼에도 아직 때가 아님을 말합니다.]

예상은 했다. 이현성은 아직 각성의 때를 맞이하기에는 약하니까.

[성좌, '강철의 주인'은 화신 '이현성'이 자신의 설화를 감당할 수 없을 것이라 생각합니다.]

강철의 설화는 단단하고 무겁다. 그 말대로 이현성은 견디지 못할 것이다. 혼자였다면 말이다.

―제가 함께 감당하겠습니다.

[성좌, '강철의 주인'이 당신을 바라봅니다.]

강철의 주인은 뭔가 생각하는지 말이 없었다.

잠시 후 메시지가 들려왔다.

[성좌, '강철의 주인'이 고개를 끄덕입니다.]

주변에서 짜릿한 스파크가 튀기 시작했다.

[등장인물 '이현성'이 특성 진화를 준비합니다.]

[해당 특성으로 진화하기 위해서는 '설화'가 필요합니다.]

[성좌, '강철의 주인'이 설화의 시련을 내립니다.]

[설화, '강철의 증명'이 시작됩니다!]

이현성의 몸에서 은빛 격류가 솟아났다. 휘황한 광채를 보며 나는 멸살법 속 장면을 떠올렸다. 누구였더라. 등장인물 중하나가 유중혁에게 그런 질문을 했다.

「"이현성 아저씨가 왜 '강철검제'예요? 그 아저씨는 검을 안 쓰잖아요?"」

멸살법에서 이현성은 단 한 번도 검을 사용한 적이 없다.

그럼에도 이현성의 별명은 강철검제였다.

「"이현성은 검이 필요 없다."」

까드드득. 이현성의 녹아내린 팔과 다리에서 새하얀 강철이 자라나기 시작했다. 이어서 비늘이 덮이듯 강철이 자라나 그의 몸 전체를 덮어갔다. 이현성의 몸이 한 자루의 강철검鋼鐵劍처럼 변해가고 있었다.

[등장인물 '이현성'이 성흔 '강철화鋼鐵化'를 발동합니다!]

그 어떤 시련과 부딪쳐도 부러지지 않을 단 하나의 검. 유중혁이 여기 있었다면 분명 이렇게 말했을 것이다.

「"그 녀석이 곧 검이니까."」

새로 돋아난 강철 표피. 마치 다른 종으로 거듭나듯 이현성의 육체가 새롭게 만들어지고 있었다.

강철화.

겨우 1단계인 '갑주甲胄'가 활성화되었을 뿐이지만, 그것만으로도 보통의 권능은 아니었다. 1단계를 완전히 습득한 이현성은 공필두의 '무장요새'보다 단단하며, 유중혁의 '진천패도'에도 베이지 않는다.

"사, 살았습니다……?"

문제는 아직 1단계가 완전히 활성화되지 않았다는 것이지만.

―그게 이현성 씨가 익혀야 할 진짜 '성흔'입니다.

금세 상황을 깨달은 이현성이 재빨리 자세를 잡으며 물러섰다.

[아직 '강철화'가 완전하지 않습니다.]

[해당 성흔은 설화를 이룩한 존재만이 사용할 수 있습니다.]

모든 배후성은 자신의 화신에게 성흔을 제공한다. 증여의 형태로 전해지는 성흔이 있는가 하면, 까다로운 조건을 거쳐야 사용할 수 있는 성흔도 있다. '강철의 주인'이 가진 [강철화] 또한 그런 까다로운 성흔 중 하나였다.

['강철의 첫 번째 증명'이 시작됩니다.]

왜냐하면 이 성흔은 성좌가 겪은 역사의 간접 체험을 요구하기 때문이다.

〈강철의 증명〉

1. "진정한 강철은 수만 번의 담금질 속에서 태어나리니"

시나리오와는 다르게 불친절하게 툭 내던져진 문장.

이현성이 혼란스럽다는 듯 물었다.

"이게 무슨 뜻입니까?"

—담금질의 기본은 고열 처리 후 냉각이죠.

"설마……."

─그 설마가 맞을 겁니다. 정신 똑바로 차리세요.

어떤 의미에서, 정희원이 이현성의 상대가 된 것은 행운일지도 모른다.

이현성의 안색이 창백해졌다.

[성좌, '긴고아의 죄수'가 이계의 설화에 관심을 가집니다.]

[성좌, '디펜스 마스터'가 과연 자신보다 단단한지 궁금해합니다.]

[성좌, '악마 같은 불의 심판자'가 초조한 기색으로 양손을 모읍니다.]

성좌들 메시지와 함께, 이글거리는 지옥불이 파랑처럼 밀려들었다. 그새 정희원의 [지옥염화] 레벨이 올라갔는지 화염이 만드는 해일은 더욱 깊고 사나워져 있었다.

새하얀 불꽃에 아스팔트가 녹으며 불순물이 섞였고, 고열에 뒤섞인 덩어리들은 파랑에 휘말리며 위협적인 흉기로 변했다.

슈슈슈슛!

은빛의 갑주가 그을리며 녹아내리기 시작했다. 튀어 오른 불꽃 잔해는 총탄처럼 갑주를 뚫고 이현성의 내부를 녹였다. 갑주가 녹는 족족 새로운 강철이 자라나 녹은 자리를 메웠지만, 그렇다고 피해가 없는 것은 아니었다.

"큿……!"

이현성의 입에서 피가 흘러나왔다. [강철화]가 완전하다면 [지옥염화]에도 끄떡없겠지만 아직은 아니었다. [지옥염화]

는 불꽃 속성에서도 최상급에 속하는 성흔. 사실 무너지지 않는 것만으로도 놀라운 일이었다.

이현성이 한 걸음씩 물러서며 비명을 질렀다.

그 광경을 보는 나 역시 고통스러웠지만 아직 때가 아니었다.

이현성의 강철이 붉게 달아오르고 있었다.

좀 더, 조금만 더…….

[온도가 기준치를 초과했습니다!]

됐다.

[담금질이 시작됩니다.]

강철의 기본은 담금질. 완전한 강철의 육체를 이룰 때까지 기준치 이상의 고열을 버티는 것이 이 설화의 핵심이었다.

―참아요! 할 수 있습니다!

다행히 이현성이 '악인'이 아니라는 사실이 유일한 위안이었다.

[지옥염화]는 '불꽃'과 '신성'의 속성을 가진 성흔.

악인 표식이 찍힌 채 [지옥염화]의 열기에 노출되었다면 이미 한 줌의 잿물이 되었을 것이다. 이현성이 악을 쓰는 동안 나는 빠르게 정희원의 정보를 살폈다.

[등장인물 '정희원'은 현재 '사상 감염'에 걸려 있습니다.]

[등장인물 '정희원'은 이지를 상실한 상태입니다.]

[등장인물 '정희원'의 트라우마가 완전히 노출되어 있습니다.]

……개자식, 사람의 정신을 완전히 넝마로 만들어놨군.

「용서할 수 없어…….」

니르바나의 [사상 감염]은 그 사람의 시간을 '현재'에 안착
시키기 위해 인물이 가진 정신의 어두운 부분을 표면으로 끌
어낸다.

「죽어야 해.」

미래를 거세당하고 낭떠러지 같은 현실과 마주한 인간은
대개 희망을 잃는다. 현실이 끔찍한 경우에는 더욱 그렇다. 그
과정에서 누군가는 절망해 무너지고, 누군가는 무분별한 욕망
을 풀어 짐승처럼 변한다.

또 어떤 이는 이성을 잃고 분노에 사로잡히는데, 이 과정이
반복되면 마지막에는 스스로 구원교도가 된다. 그렇게 구원
교도가 된 이는, 니르바나가 일컫는 '위대한 현재'를 숭배하는
충직한 순교자가 되는 것이다.

「인간 같은 건, 나 같은 건, 모두 죽어야 해.」

그녀의 트라우마가 뭔지 알 것 같았다. 첫 번째 시나리오나 금호역에서 있었던 일을 생각하면 지금까지 멀쩡히 버틴 게 용한 일이었다.

정희원의 초기 특성인 '웅크린 자'는 강한 정신적 쇼크를 바탕으로 만들어지는 것. 처음 구출한 순간을 돌이켜보면, 그녀가 타인에게 강렬한 적의를 품는 것은 전혀 이상한 일이 아니었다. 그녀는 줄곧 사람에게 실망하고 또 실망하며 여기까지 살아남았다.

"이거…… 혹시 희원 씨의 마음입니까?"

타오르는 화염 속에서 버티던 이현성이 물었다.

—들리시는 겁니까?

"그게, 조금……."

이현성도 [전지적 독자 시점]의 메시지를 들을 수 있을 거라는 생각은 미처 못했다.

1인칭 상태로 몰입했기 때문일까? 내가 이현성을 이해하는 만큼 이현성도 내 감정을 느끼는 건가?

이현성은 열기조차 잊은 듯한 얼굴로 더듬거렸다.

"이것도 독자 씨 능력입니까?"

—예. 제가 가진 스킬입니다.

여기서 거짓말을 해봐야 좋을 게 없기에 솔직히 고백했다.

—지금까지 숨겨서 죄송합니다.

하지만 이현성은 딱히 기분 나쁜 기색이 아니었다.

"조금 부끄럽군요. 혹시 제 마음도……."

말을 다 잇기도 전에 2차 파동이 덮쳐왔다. 더욱 강렬해진 화염은 주변 화신들을 녹여버리며 용암이 되어 밀어닥쳤다. 강력한 열기에 지반 전체가 통째로 녹아내리기 시작했다. 건물이 땅속으로 가라앉았다. 이제 결단을 내려야 했다.

─일단 제압하는 방향으로 가야겠군요.

"희원 씨가 다치지 않겠습니까?"

불리한 것은 이쪽인데 저쪽 걱정부터 하다니 역시 이현성이다.

하지만 그 말이 틀린 것도 아니었다.

─다치겠죠, 마음이.

가장 확실한 해결책은 니르바나를 죽이거나 정희원의 트라우마를 해결하는 것이었다. 전자는 지금은 불가능하고, 그나마 후자는 생각해볼 만한데…… 정희원이 원작에서도 비중 있는 인물이었다면 이렇게 고민하지 않았을 것이다.

하지만 정희원은 내가 새로 발견한 인물이고, 나는 그녀를 잘 모른다.

그러니 지금은 원인이 아닌 증상을 해결할 수 있을 뿐.

"독자 씨."

─해봅시다.

우리는 하나의 몸으로 동시에 고개를 끄덕였다. 계속 조금씩 물러난 탓에 정희원과의 거리는 제법 되었다. 뭐라도 해보려면 일단 코앞까지 가야만 했다.

까드드드득!

순식간에 자라난 강철의 표피가 이현성의 얼굴을 덮었다. 이현성의 전신에서 근육이 폭발하듯 꿈틀거렸다. 체구에 알맞게 덮인 강철의 형상은 마치 은빛 기사 같았다. 그 빛은 그대로 불길을 뚫고 달리기 시작했다.

그에 맞춰 불꽃의 벽도 거세게 타올랐다. 더는 다가오지 말라는 듯. 너희는 이곳에 허락받지 못했다는 듯이.

"우어어어어억!"

무슨 훈련이라도 받는다고 생각했는지 이현성은 악을 쓰며 불길을 헤쳐나갔다. 한 걸음, 다시 한 걸음. 강철 조각이 땜납처럼 녹아 바닥에 떨어졌다. 안구가 열기로 익어서 시야가 흐릿해지고 있었다.

"희원 씨! 저희가 구해드리겠습니다!"

그렇게 한 걸음.

"저희가…… 제가……!"

다시 한 걸음.

"희원 씨……!"

말재간도 없이 마구 주워섬기는 이현성을 보며 생각했다. 함부로 들려온 타인의 마음 때문에 한동안 잊고 있었다. 원래 한 사람의 마음에 다가가는 것은 이렇게 어렵고 고통스러운 일임을.

이현성과 나는 분명 같은 몸에서 같은 눈으로 세계를 보고 있지만, 같은 광경을 보고 있지는 않았다.

이현성의 터질 듯한 심장이 그 증거였다.

묘한 기분이 들었다. 본래 이어질 수 없던 사람들이 서로 관계를 맺는 것. 나로 인해 이야기가 바뀌어간다는 것.

"으으으…… 끄으으으!"

열 걸음을 남겨놓고 이현성의 무릎이 꺾였다.

[등장인물 '이현성'의 정신력이 한계에 이르렀습니다.]

흔들리는 시야를 보며 나는 새삼 깨달았다. 이야기가 바뀌어도 이것은 결국 멸살법이라는 걸.

[성좌, '강철의 주인'이 안타까운 눈으로 자신의 화신을 바라봅니다.]

모든 등장인물이 절망 속에 몸부림쳐야 하는, 바로 그 멸살법이라는 걸.

―현성 씨.

그런 멸살법을 줄곧 읽어왔기에 가끔 궁금했다. 멸살법의 작가는 자신이 만든 '결말'에 한 번도 후회한 적이 없었을까?

―잠시 저한테 맡기십시오.

[전용 스킬, '제4의 벽'이 흔들립니다.]

[1인칭 조연 시점'이 극도로 활성화됩니다.]

이현성의 의식이 느슨해진 자리에 내 의식이 들어섰다. 육체 통제권이 이양되며, 전신 감각이 강하게 활성화되었다.

이현성은 이런 고통을 견디고 있었나. 미쳐버릴 듯한 열기다.

피부가 시시각각 불타올랐고, 뼈마디와 신경절이 녹아내린 자리는 팔다리를 계속 끊었다 붙였다 하는 것처럼 아팠다.

나는 이현성의 목소리로, 정희원을 향해 외쳤다.

"정희원 씨! 이대로면 우리 모두 죽습니다!"

정희원은 반응이 없었다. 지옥 같은 열기를 계속 뿜어댈 뿐이었다.

"이현성 씨가 죽는단 말입니다! 이대로 이현성 씨를 죽일 겁니까?"

나는 죽을힘을 다해 이현성의 다리를 다시 움직여 앞으로 조금씩 나아갔다.

이제 세 걸음, 두 걸음, 그리고…… 제길, 너무 뜨겁다.

고통에 또 한 번 무릎이 꺾이는 찰나, 목소리가 들려왔다.

'독자 씨. 제가 하겠습니다.'

이현성이었다.

'제가 해야 합니다.'

[강철의 의지가 당신에게 반응합니다!]

나는 고개를 끄덕였다.

결국 나는 '독자'다. 그 본분을 잊어서는 안 된다.

내 의식이 빠져나가고 이현성이 자신의 육체를 되찾았다. 눈부시게 빛나는 이현성의 몸이 온전한 강철의 형상을 되찾고 있었다.

"희원 씨."

타오르는 [지옥염화]가 정희원의 창백한 얼굴을 새파랗게 만들고 있었다.

이 불은 결국 그녀 자신을 갉아먹을 것이다. 흘러내리자마자 말라버리는 눈물. 그런 그녀를 향해, 이현성은 예상치 못한 행동을 했다.

"잠시, 실례하겠습니다."

이현성은 마지막 한 걸음을 다가가 정희원을 끌어당겼다.

[성좌, '악마 같은 불의 심판자'가 뜻밖의 전우애에 당황합니다.]

정희원의 작은 몸이 이현성의 넓은 품속에 들어왔다. 얼마나 넓은 품인지, 손끝 하나 닿지 않고도 그녀를 안을 수 있을 정도였다.

정희원은 피하는 대신 더욱 강한 불길을 피워 올렸다. 마치 불꽃만이 자신이 말할 수 있는 감정의 전부인 것처럼. 까드드득 하는 소리와 함께, 이현성의 품을 중심으로 강철의 벽이 만들어지기 시작했다.

한 사람과 세상을 유리遊離시킬 벽.

불꽃을 끄려면 발화점에 산소를 차단해야 한다.

그것을 아는 이현성은, 자신을 희생해 정희원을 위한 벽이
되고 있었다. 언제까지라도, 세상을 대신해 그녀의 분노를 감
당하겠다는 듯이. 내가 할 수 있는 일은 그저 두 사람을 지켜
보는 것뿐이었다.

언어로는 닿지 못하는 정희원의 마음에 이현성의 차가운 금
속이 닿기를 바랄 뿐이었다. 그리고 얼마나 시간이 지났을까.

[설화, '강철의 첫 번째 증명'이 완료됐습니다.]

마침내 정희원의 불길이 사그라졌다.

¤ ¤ ¤

이현성의 의식을 깨운 것은 익숙한 여자의 목소리였다.

"숨 막혀……."

화들짝 놀라 아래를 바라보자 정희원의 얼굴이 보였다. 주
변을 살펴보니 상상도 못 한 광경이 펼쳐져 있었다. 자신의 팔
에서 자라난 강철이 정희원의 몸을 덮은 채 주변을 봉쇄하고
있었다.

"어, 어어! 죄, 죄송합니다! 지금 풀어드리겠습니다!"

하지만 이미 굳어버렸기 때문인지 진력이 다 빠져버렸기

때문인지, 강철의 벽은 쉽사리 부서지지 않았다.

이게 대체 어떻게 된 일인가 이현성이 당황하는 사이, 정희원의 이마가 이현성의 가슴에 닿았다.

"……고마워요."

강철에 닿은 그 슬픈 감촉에 이현성이 고개를 저었다.

"아닙니다."

아주 작은 제스처이지만 충분했다.

분명 마음은 전달된 것이다.

[성좌, '악마 같은 불의 심판자'가 이 전우애를 싫어합니다.]

"근데 현성 씨, 혹시 여기 누가 또 있었어요?"

"예? 그게……."

횡설수설하는 이현성을 보며 정희원이 투덜거렸다.

"됐어요. 뭐 중요한 것도 아니고. 그보다 이것 좀 빨리 풀어 봐요. 시간 없으니까!"

"예? 무슨 일이 있습니까?"

입술을 깨문 정희원이 이현성을 한 번 바라보더니, 하늘을 향해 커다란 목소리로 외쳤다.

"김독자 씨, 지금 듣고 있죠? 유상아 씨가 위험해요!"

[PART 1 - 07에서 계속]

전지적 독자 시점 PART 1-06

1판 1쇄 발행 2022년 1월 20일 **1판 6쇄 발행** 2024년 8월 9일
지은이 싱숑
펴낸이 박강휘
편집 박정선, 박규민 **디자인** 홍세연, 윤석진

발행처 김영사
주소 경기도 파주시 문발로 197(문발동) 우편번호 10881
등록 1979년 5월 17일(제406-2003-036호)
주문 및 문의 전화 031)955-3200 **팩스** 031)955-3111
편집부 전화 02)3668-3291 **팩스** 02)745-4827 **전자우편** literature@gimmyoung.com
비채 블로그 blog.naver.com/viche_books **인스타그램** @drviche, @viche_editors
트위터 @vichebook
ISBN 978-89-349-6736-1 04810 책값은 뒤표지에 있습니다.

비채는 김영사의 문학 브랜드입니다.